雅 歌 译 丛

俄罗斯黄金时代诗选
Русская Поэзия Золотого Века

〔俄〕
普希金 丘特切夫 等
著

汪剑钊
译

山东文艺出版社

被"白银"所命名的"黄金"
——俄罗斯黄金时代诗歌简述（译序）

纳博科夫认为："对于这个没有任何文学传统的民族的文学创作而言，一个十九世纪就足够了，它不仅有自身独特的艺术价值，也有世界性的影响，除了数量上不能与英国、法国文学相提并论，它在任何方面都可以与这二者比肩，尽管这两个民族创作文学杰作的时间是那么久远。"这位一手用俄语创作诗歌，一手用英语撰写小说的俄裔美籍作家何以能拥有这份满满的自信？这番话的依据是什么？这并不是一个艰深的问题，但需要时间和精力来回答。此外，提及十九世纪俄罗斯诗歌，除了普希金，中国的诗歌读者还知道谁呢？或许，由此问题带出的结果，将是对俄罗斯诗歌的全面了解和全面评估，也为积极调整认识、适当改变趣味提供一个契机。对于一直关注俄罗斯诗歌翻译和研究的我来说，前述问题是一种刺激，同时也意味着一份责任，它们直接催生了我编选和翻译这部诗集的动机。

在十九世纪俄罗斯诗歌的天空上，普希金并不是一颗孤独的太阳，与他一起闪耀的至少还有茹科夫斯基、巴拉廷斯基、丘特切夫、莱蒙托夫、柯尔卓夫、波隆斯基、费特、迈科夫、涅克拉索夫和尼基丁等灿若星辰的名字。如果不了解他们,我们就无从知道,在十九世纪与二十世纪之交,何以能出现一大批影响现代世界诗坛的优秀人物,如勃洛克、古米廖夫、曼德尔施塔姆、阿赫玛托娃、帕斯捷尔纳克、茨维塔耶娃、马雅可夫斯基、叶赛宁,乃至以后的格·伊万诺夫、波普拉夫斯基、叶拉金和布罗茨基等。列宁曾经说过,忘记过去,就意味着背叛。我想说,不知道过去,就意味着没有未来。

自从古希腊诗人赫西奥德将人类史划为"黄金时代""白银时代""黑铁时代"之后,后人们就以一种怀古的情愫来追忆和想象他们已逝的美好时光。有意思的是,由此衍生了非当下的命名——某种饶有趣味的"追认"现象。在俄罗斯的诗歌史上,"追认"也一再出现,正如"黄金时代"也是由它的继承者追封的一个"谥号"。据说,有一次,一批诗人在阿赫玛托娃家聚会,大家不满当代文学的现状,认为那时的俄罗斯处在精神的整体衰落状态,他们在讨论当代文学与经典和传统之间的关系时,对十九世纪诗歌流露出羡慕与推崇的意愿。阿赫玛托娃的儿子列夫在旁边插了一嘴:"你们如此向往普希金的时代,将它称之为俄罗斯文学的黄金时代,那么,你们就是白银时代了?"这个传闻一度被当成俄罗斯文化"白银时代"之命名的由来,虽然它实际并不准确,但也从一个侧面说明了后人对以普希金为代表的一个诗歌时代的肯定与重视。在一定程度上,我们可以说,儿子创造了老子,"白银时代"的一辈,向"黄金时代"的父辈乃至祖辈投去了恰如其分的敬意。

茹科夫斯基在古典主义占据主流的诗坛，为俄罗斯诗歌开辟了一条独特的路径，让写作越过了僵硬的规则和定律，赢得了创造的优先权。著名的批评家别林斯基认为，茹科夫斯基对俄罗斯文学"做出了不可估量的贡献"，他是发现诗歌新美洲的水手"哥伦布"，把"浪漫主义因素"带进了俄罗斯，赋予诗歌强烈的抒情性，"没有茹科夫斯基，就没有普希金。"茹科夫斯基善于"透过自己心灵的棱镜"来反映生活，在理想与现实之间找到了某种秘密的联系，其诗歌语言优美，音韵婉转和谐，迄今仍展示着极强的艺术魅力。巴丘什科夫则在形式上做了更多的探索，他是"诗的语言的革新者"，努力为俄罗斯诗歌"创格"；与此同时，他的天性又"包含着古希腊精神的因素"，"与古代世界发生共鸣"，这让他的诗歌拥有了某种经典性的品格。巴丘什科夫的作品音韵和美，多有雕塑的浮凸感，在诗意的场景下较好地揭示了人的心理活动。可以说，正是他们的写作实践，为"白银时代"的诗人提供了抒情的哲理，开掘了语言的诗性潜力，为实验的现代主义埋下了伏笔。

巴拉廷斯基是著名的哀歌诗人，他认为诗人既要激发自己的创作激情，也不能放弃对世界的思考，要有"冷静的理智"，追求积极的人生，声称"对时间而言，我微不足道，但对自身而言，则意味着永恒"，为此，他刻意表现一种"沉思的忧郁"。巴拉廷斯基擅长心理分析和抒情思考，注重在诗歌中处理戏剧性的内心冲突，在简洁的文字中摹写丰富的精神世界。他的作品具有强烈的预言性，《最后的诗人》的开篇以先知的口吻揭开了工业文明繁盛后带来的弊端，尤其是功利性价值观的肆虐，不能不令人感到一种惊悚感："世界沿着钢铁之路向前迈进，／利欲熏心，与日俱增，／大众的梦想越来越明显地关注／急功近利的事物，愈益无耻。"普希金对巴拉廷斯基的创作给予了高度评价，认为他是一名具有独创性的诗人："他的感情多么强烈而深刻。他的诗句和谐，格调新颖，表现生动而准确，这一切应该使每一个多少具备一点艺术趣味和感情的人感到震惊。"

诚然，普希金这个名字（实际是姓）在俄罗斯可谓家喻户晓，无论是在专业的诗人圈，还是普通的读者群中，他已成了民族的骄傲，几乎被看作缪斯的男性化身，不同的只是他披上了一件俄罗斯的民族服装。果戈理认为，普希金就"像一部辞典一样，包括着我们语言的全部华美、力量和柔韧性"。在创作上，他善于使用新的词汇，避免豪言壮语和老生常谈的流弊，同时还"赋予老字眼以新的生命"，营造了一个繁复多样的世界。此外，尽管诗人不断遭受到命运的打击，在创作中也一而再，再而三地触及死亡、痛苦、孤独、绝望、悲伤等主题，然而，他都以自己旺盛的生命力将它们内化为新的力量，在诗意的层面上加以提升，使之成为"明亮的忧伤""痛楚的甜蜜""绝望背后的希望""死亡之后的新生"。这些都非常贴近我们当代人的行为选择，更是一种面向未来的人生观，它们体现了一个经典诗人超前的现代意识。或许是天妒英才的缘故，在诗人的才华尚未完全施展的时候，发生了一个悲剧性的事件：1837年2月8日（俄历1月27日），他在与法国流亡贵族丹特斯的决斗中受了重伤，两天后，不治身亡。关于他逝世的消息，新闻界做了如是报道："俄罗斯诗歌的太阳陨落了。"

一位诗人悲剧性的死亡却出人意料地孕育了另一位诗人引人注目的诞生。莱蒙托夫是继普希金之后的又一位诗歌奇才，他曾经因写下悼念后者的作品《诗人之死》一举成名，但也遭到了流放的厄运。他的作品不乏生命的激情，同时弥漫着孤独、忧愁、苦闷、绝望和愤世嫉俗的情绪。如果说普希金倾心的是自由的大海，那么，莱蒙托夫的"孤帆"更是他真实的写照。他的阴郁仿佛是与生俱来的，贯穿其作品的是深刻的怀疑主义精神，这令他对祖国的爱也具有了某种"奇异"的特征。

在俄罗斯诗歌史上，丘特切夫与普希金堪称双璧，他俩各自划出并延展了不同的方向。有意思的是，普希金还是丘特切夫的"伯乐"，他首先将后者的作品题为《寄自德国的诗章》，发表在自己主办的《现代人》杂志上，为当时尚默默无闻的诗人提供了重要的发声机会。丘特切夫曾长期担任驻德国的外交官，他与哲学家谢林和诗人海涅都是至交，经常在一起交流对哲学和人文学科的看法。谢林思想的核心是"绝对同一性"，在他看来，上帝是一个绝对的自我,他是最高的存在,"自然应该是可见的精神,精神应该是不可见的自然。"这就意味着,自然并不是人的自我的对立物,而是精神的客观化。深受这种先验唯心主义思想的熏染,丘特切夫的创作具有很强的泛神论色彩。作为俄罗斯诗歌的抒情思想家,丘特切夫的创作无疑有着显著的哲理倾向,他善于将人生观和宇宙观寄寓于风景的素描中,而从情感的抒发中追问生命的意义,我们在他的作品中随处可以遇见人格化的自然和自然物的人性。诚然,丘特切夫的诗歌绝不是德国哲学的简单翻版。与他同时代的小说家屠格涅夫对他的诗歌也给予了高度的评价,认为他的诗歌具有深刻的思想内涵,它们就像包孕在语言中的火星,受到了情感与印象的刺激而被点燃,因此,"他的思想对于读者从来不是赤裸的、抽象的,而总是和来自心灵或自然界的形象相融合,不但深深浸透着形象,而且也不可分地、连续地贯穿在形象之中。"托尔斯泰可以背诵诗人的不少诗句,声称:"没有丘特切夫就不能生活。"他的风景诗和爱情诗超越了各自原本的定义域,其中流溢的悲剧意识有着预言的意义,拥有了一定的普泛价值。在我看来,浪漫主义的精神和现代主义的危机意识是"黄金时代"诗人为他们的继承者留下的弥足珍贵的遗产。在这一点上,丘特切夫的贡献殊为突出。

十九世纪中叶,俄罗斯诗歌形成了两个较有影响的群体——"普希金诗歌圈"和"丘特切夫昴星团"。它们有点类似于中国词坛上的"豪放派"与"婉约派"。"豪放派"的代表人物有苏轼、辛弃疾、陈与义、叶梦得、张孝祥、陈亮、刘克庄等。他们的写作视野开阔,意境宏大,尤为重要的是,词人们多有社会担当,以家国天下为重,把个人的命运与民族的命运紧密地结合在一起,秉有知识分子的良知,先天下之忧而忧,后天下之乐而乐,其悲壮慷慨之声拓展了诗歌的表现领域,造就了中国文学雄健、阳刚的质地,对后世词林有极深的影响。不过,也有一部分作品失之直露肤浅,其过于散文化的追求导致了韵味不足的弊端,更甚者流于粗嚣、媚俗。"婉约派"一度被认为是词的正宗,标举辞情蕴藉、清虚、柔婉,在风格上多含蓄内倾,注重音韵的和谐雅正和结构的缜密深细,用词圆润、清脱和绮丽,深得阴柔之美;不足之处是,晦涩、雕琢,相当部分的作品显得格局狭小、诗情矫作,精神上略显软媚、艳俗。这一词派的代表人物有李煜、柳永、秦观、周邦彦、李清照、姜夔、吴文英等。

与上述情况相似的是,"普希金诗歌圈"的诗人大多具有"横放杰出"的气概,他们对社会、对现实负有天然的使命感,其审美的敏感往往叠加了强烈的公民意识。公民意识是来自古希腊的一份遗产,它强调公平、正义、平等、民主、自由,甚至还留有英雄主义时代的折光。古希腊文中的"公民"(Polites)一词就来自于"城邦"(Polis)一词的衍生,它的原意就是"属于城邦的人",而所谓"城邦",也就是若干"公民"的组合。作为一名合格的公民,他需要认识到自己的身份、自己的政治角色,以及与之相伴的权利和义务。属于这一群体的是一批十二月党人，雷列耶夫、丘赫尔柏凯、德尔维格、奥陀耶夫斯基等。这批诗人多是天才型的人物，感情充沛，智力超群，仿佛与生俱来地负有为人民代言的使命感，他们批评生活和现实，尤其对专制、不公、奴役有强烈的反感，身怀浪漫主义的激情和理想主义的乌托邦精神，在艺术上也显示了大开大阖的气魄，甚至在哀歌的体裁中添加和补充了颂歌或史诗性的元素，从而让悲哀、伤感朝着悲壮、沉郁的方向发展。尽管这些诗人中出身于贵族的居多，但这并不妨碍他们关注民间。对俄罗斯民歌的吸收和改造，使他们的创作始终拥有肥沃的土壤，并洋溢着蓬勃的生命活力。

归入"丘特切夫昂星团"的诗人大多推崇唯美主义的"纯艺术"倾向，在创作上的共同理念是对美的崇拜和对哲理性的追求，整体诗风恰可对应于中国的婉约词，显得"辞情酝藉""宛转柔美"，在隐约、曲折、精细、隽秀中凸显微妙、含蓄的诗意。更有意思的是，其中一部分诗人也擅写"闺情丽思"，不时绽露旖旎、柔婉的风情。它的代表诗人除丘特切夫以外，还有维雅泽姆斯基、格林卡、霍米雅科夫、舍维廖夫、雅库博维奇、别涅季克托夫等。需要说明的是，对美的无限崇拜也来自古希腊人对世界的认识，帕纳斯山是一个理想主义的存在。俄罗斯人一直就认为自身是希腊文化最正宗的继承者，因此，某些非本土的"舶来"文化颇有意味地获得了较为适宜的嫁接，成为民族脉管中流动的新鲜血液。相对而言，别涅季克托夫在艺术探索上走得最远,被称作"罕有复现的文学现象""思想诗人"。他平时醉心于对哲学的阅读,关注人在时间和空间中的命运,在具体的实践上,善于使用隐喻和暗示,深入到各种世相和自然现象中并找到相对应的意蕴,其创作中的悲观主义情绪带有一定的存在论色彩。别涅季克托夫的写作起步于被浪漫主义的浸润,而在自然哲理诗的写作中抵达了一个高峰,他的创作对青年时期的费特、波隆斯基和涅克拉索夫都曾产生过影响。

列夫·托尔斯泰生前非常推崇费特,认为在自己的私人交往中,只有他才能给自己提供"使人充实的精神食粮"。费特以爱情与自然的歌手闻名于世,他的写作强调"纯艺术"的立场,在他看来,艺术除了自身便无其他的目的。他排斥理性,看重无意识的直觉,非常善于捕捉大自然中转瞬即逝的印象,以凸显人们隐秘、朦胧的情感与心理,其作品除了鲜明的形象性以外,还有感人的音乐性。柴可夫斯基认为费特的诗歌"是一种罕见的艺术现象",他"闯进了我们的领域",擅长拨动人们的隐秘的心弦,因此,他是一名"诗人音乐家"。费特有一句名诗:"只有歌才需要美的存在,／而美啊,连歌都不需要。"从中可以见出诗人对美的倾心,以及由此滋生的信心与骄傲。当时,或许正是诗中所蕴含的迷人旋律打动了不少作曲家,以至于造成了萨尔蒂科夫-谢德林所描述的"整个俄罗斯都在吟唱费特的抒情小调"的状况,甚至更有读者声称:"谁不喜欢费特,谁就不了解诗。"

或许是有着共同的艺术追求，迈科夫、波隆斯基与费特一起结成了一个"忠实的、亲密的诗歌三人同盟"（迈科夫语）。迈科夫出身于艺术世家，父亲是科学院院士。他从小就在诗歌和绘画上表现出了非凡的天赋。他崇尚古希腊罗马文化，惯于用"一双古希腊的眼睛"看世界，对自然具有敏感的洞察力，他要"歌颂永恒的青春、永恒的美的王国"，力图在美与理性之间找到某种平衡。他的田园诗刻画准确，比喻奇警，细节生动，极富绘画的质感。在十九世纪"纯艺术"诗人中，波隆斯基最具平民色彩，早年曾接近别林斯基、涅克拉索夫的思想，同情底层人民和他们凄惨的生活，对城市的"恶之花"有一定的认识并予以抨击。与他的两位"盟友"一样，他的情歌和风景诗也有极好的口碑，杜勃罗留波夫认为，"诗人对自然界有一种不凡的富有同情心的敏感性。"他的抒情诗语言朴素，情调哀怨，在对山川石木的摹写上拟人地表现了抒情主人公微妙的心理活动。他的创作极大地影响了勃洛克、别雷等象征主义诗人的创作，成为"白银时代"诗歌的一个源头性的诗人。

谈论俄罗斯"纯艺术"诗歌，还有一位来自托尔斯泰家族的人物不可忽视，那就是阿·康·托尔斯泰，这不能不让我们对这个标志着贵族精神的姓氏投去无限的敬意。阿·托尔斯泰在小说、戏剧和抒情诗诸方面都有杰出的表现，他的历史剧三部曲《伊凡雷帝之死》《沙皇费多尔·伊凡诺维奇》和《沙皇波利斯》以其对专制的抨击和对人物性格的塑造，赢得了普遍的好评，已进入了俄罗斯戏剧的经典行列。有意思的是，他也反对艺术的功利性，认为倾向性会戕害艺术："诗人的使命——不是给人们带来直接的好处和利益，而是为了提高他们的道德水平，培养他们对美的爱。"他的诗歌语言形象、准确，多有旋律感，轻快和谐，深受音乐家的青睐，柴可夫斯基、里姆斯基-科萨科夫、莫索尔斯基、拉赫玛尼诺夫都选择了他的一些作品，将之谱成歌曲，在俄罗斯大地广泛地传唱。

在俄罗斯民歌的海洋中，来自纯粹民间的柯尔卓夫留下了一笔极为重要的遗产，他是游离于当时相互争论和纠纷的各流派和风格之外的一位重要诗人。赫尔岑认为："被压迫的俄罗斯、贫穷的俄罗斯、农夫的俄罗斯唱出了自己的心声。"柯尔卓夫没有接受过正规的教育，仅在家乡的小学上过一年半学，早年以贩卖牲口为生。他通过自学掌握了诗歌写作的技巧，排比、复沓、反喻，注重运用民间谚语、固定的修饰语和形容词的短尾形式，他的浪漫曲很有感染力，具有"惊人的美和诗意"。除对农民的疾苦深表同情之外，也写出了田园生活的欢乐与恬静。正如一位评论家所指出的那样，他描写的就是日常的所见所闻："草原、田野、森林、乡村、夏天的暑热、秋天的暴风雨、冬天的暴风雪，而且就把它们一如在自然中的样子表现出来。"（杜勃罗留波夫语）他的用笔真挚朴素，可以感受到来自乡野的清新气息。他的创作对二十世纪初的新农民诗人叶赛宁、克留耶夫等产生了良好的影响。

十九世纪的俄罗斯，女诗人的比重极少，这与世界上大多数国家的情况非常相似，但女性诗歌也并非是全然的空白。卡·巴甫洛娃在三四十年代便有很高的诗名，在当时的文艺沙龙中不时可以看到她的身影。她深湛的艺术造诣、敏锐的诗歌感觉，以及对社会和现实的独特政治见解，赢得了不少知名人士的赞誉，巴拉廷斯基、维雅泽姆斯基、密茨凯维支为她写过献诗，与赫尔岑、奥加廖夫、费特、波隆斯基也有密切的来往。在诗歌倾向上，她信奉"纯艺术"理论，创作体裁多样，语言精致隽永，代表作《蝴蝶》堪称是她的艺术宣言，也因此被时人批评为"蝴蝶派"。五十年代，她移居德国，从事了一系列俄罗斯诗歌的德译活动，其译本曾得到海涅的赞赏。尤·查朵夫斯卡娅出生于大官僚家庭，但自幼便身有残疾，在她的心理上留下了极深的阴影。在寄宿学校求学期间，她曾与自己的老师发生了一场没有结果的恋情，此事对她的生活和创作都产生了很大的影响。她的诗歌多描绘对幸福生活的渴望和无奈于现实的痛苦，在哀婉的音调中迸发出强烈的激情，不少作品具有内心独白的特征。从这两位女诗人的创作，我们也可以看到，她们的写作较多停留在闺怨离情上，其笔触细腻、辞藻精美，善于揭示缠绵悱恻的内心生活，与此同时，她们的艺术天地也相对较狭窄、局促，具有一定的"室内抒情"特征。可以说，情感是她们的写作起点，也可能成为她们写作的终点。熟悉俄罗斯诗歌史的人知道，这一情形的改变将由十九世纪末二十世纪初一批杰出女性，如吉皮乌斯、阿赫玛托娃、茨维塔耶娃等人的出现来完成。

在一定程度上说，涅克拉索夫堪称黄金时代最后一名具有黄金歌喉的歌手，1878年，他的去世则标志着一个时代的终结。涅克拉索夫的诗神不再关注玫瑰、夜莺和月亮，而是一位在"生活的田野"上漂泊的"被鞭笞的缪斯"，揭示着时代的堕落和专制制度的残忍。无疑，他的名字是与俄罗斯的民主和革命密切联系在一起的，其创作中最为人熟知的是政治抒情诗，而在这部分诗歌中，又以悼亡诗最为感人。《悼友人》和《纪念杜勃罗留波夫》这两首诗堪称名篇中的名篇，在表达了怀念战友的深挚感情之余，闪烁着理想主义的光辉。他的诗歌在抒情的基质上增加了不少叙事元素，增加了诗歌对现实的介入与批判。同时，它的衰态也非常明显，一部分作品流于简单和肤泛。这一弊端到了他的模仿者那里，就变得更为突出，诗歌被散文化、口号化，甚至意识形态化。俄罗斯民众之生活的苦难虽说得到一定的揭示，但其中的审美魅力也不无遗憾地有所丧失，一部分作品无论在结构还是语言上都显得较为粗糙，语言的润滑度也因此被消耗掉了。

与涅克拉索夫齐名的尼基丁同样是一名出色的平民诗人，他的作品注意贴近现实，控诉农奴制的罪恶，抨击社会的不公和恶行，为人民的贫困和苦难鸣不平，但也刻苦钻研丘特切夫和费特的诗歌艺术，其描写故乡风光的一些风景诗有很高的艺术成就。可以说，他的诗歌已开始闪烁着白银的光泽，我们甚至能从他那些伤感的词语和哀婉的音律中，感到某种生命的疲惫感和绝望，甚至依稀可以听到某种末世预言式的哀音。

汪剑钊

2016 年 3 月 10 日

目 录

001　**柯兹洛夫**（1779—1840）

003　　黄昏的晚钟……

005　　非真亦非梦（幻想曲）

007　**茹科夫斯基**（1783—1852）

009　　友　谊

010　　黄　昏

015　　歌　手

018　　歌

020　　回　忆

021　　牧羊人的怨诉

023　　叶　子

024　　歌

026　　大海（哀歌）

028　　1823年3月19日

029　　幻　影

031　**达维多夫**（1784—1839）

033　　题纪念册

034　　哀　歌

001

035 **格林卡**（1786—1880）

037 犹太俘虏的哭诉

039 三套车

041 **巴丘什科夫**（1787—1855）

043 哀　歌

045 牧羊女的墓志铭

046 酒神的女祭司

048 森林的野性中有一种愉悦……

049 拟古（六首）

052 你是否知道……

053 **卡杰宁**（1792—1853）

055 船上的忧愁

056 我们的祖国正在承受痛苦

057 爱　情

059 **维雅泽姆斯基**（1792—1878）

061 乌黑的眼睛

062 旅途愁绪

063 还是三套车

066 白　桦

067 致友人

069 我们进入老年的生命……

071	**雷列耶夫**(1795—1826)
073	回忆（哀歌）
075	悼念夭亡的幼儿
076	致 N.N
078	哀歌（我的愿望已经实现）
079	哀歌（离开我吧，年轻的朋友）
080	致亚·亚·别斯土热夫
081	公　民
083	监狱在我是一种荣誉……
085	**米雅特列夫**(1796—1844)
087	星　星
088	玫　瑰
090	俄罗斯的雪落在巴黎
091	漂流的树枝
093	**丘赫尔柏凯**(1797—1846)
095	希腊之歌
097	俄罗斯诗人的命运
099	**德尔维格**(1798—1831)
101	灵　感
102	浪漫曲
103	俄罗斯谣曲

105	**普希金**（1799—1837）
108	皇村回忆
117	秋天的早晨
119	真　理
120	歌　手
121	不曾到过异邦却心存向往……
122	自由颂
127	乡　村
130	复　活
131	白昼的星辰黯淡了……
133	谁见过那地方……
135	囚　徒
136	生命的大车
137	致大海
141	焚毁的书信
142	致凯恩
144	冬天的黄昏
146	夜幕笼罩着格鲁吉亚的山冈……
147	冬天的早晨
149	我的名字在你有什么意义……
150	秋（断章）
156	我又一次造访了……
159	**巴拉廷斯基**（1800—1844）
161	怨　语

162　不知道

163　分　手

164　失　望

165　小　花

167　致妹妹

168　吻

169　表　白

171　不，那些流言欺骗了您……

172　缪　斯

173　有时，一座奇异的城市……

174　最后的诗人

179　永远是思想……

180　哦，你这奔放而多疑的孩子

181　**亚·奥陀耶夫斯基**（1802—1839）

183　诗人的梦

184　酬答普希金的《致西伯利亚》

185　遥远的旅途

187　**丘特切夫**（1803—1873）

189　仿佛海洋环抱着整个地球……

190　松散的沙粒盖住了双膝……

191　秋天的黄昏

192　春　水

193　MAL'ARIA

194	在这棵高挺的人类之树上……
195	PROBLEME
196	我依然记得那黄金时间……
198	瓦灰色的影子已经相互融合……
199	柳　树……
200	恰似一只小鸟
202	黛青色的花园睡得多么甜美……
203	一只鸢鸟从林中草地腾起……
204	午夜的风……
205	灵魂渴望成为一颗星星……
206	冬天的末日已经来临……
208	我的朋友，我爱你的眼眸……
209	昨夜，被幻想的魅影笼罩……
211	1837 年 1 月 29 日
213	春　天
216	人的泪滴……
217	夜的罗马
218	涅瓦河上
219	暑热尚未完全消退……
220	夕光降临，夜色临近……
221	定　数
222	孪生子
223	你，我大海的波浪……
225	你现在还顾及不了诗歌……
227	生活中有那样一些瞬间……

228	在初秋的节令中……
229	她静坐在地板上……
230	哦，这南方……
231	北风止息……
232	在上帝不曾给出默许之前……
233	海浪含纳一种悦耳的声响……
234	理智无法了解俄罗斯……
235	我重又伫立在涅瓦河上……
236	大自然就是斯芬克司……
237	这里，曾经有过多少沸腾的生命……
238	失　眠

239	**雅库博维奇**（1805—1839）
241	灵　感
242	致智者

243	**舍维廖夫**（1805—1864）
245	思　想
247	眼　睛
249	三诗圣
250	喂！听呀……

251	**别涅季克托夫**（1807—1873）
253	致北极星
255	我爱你

256	夜莺之歌
258	我的选择
259	鬈　发
262	峭　岩
264	两重幻象
266	致黑眼睛的女郎
268	写吧，诗人……
270	爱情的坟墓
272	三种诱惑
274	沉　思

275	**卡·巴甫洛娃**（1807—1893）
277	小蝴蝶
279	1840 年 11 月 10 日
281	天空闪烁……
282	不，你神圣的天赋不为他们……
284	走向可怕的荒漠
285	你不要怀着一腔愁绪……
286	相互交流各自的话语……
288	街的喧嚣已平息……

291	**柯尔卓夫**（1809—1842）
293	你别再喧嚷……
295	初　恋
296	致友人

298	人
299	上帝的世界
301	两种生命
302	痛苦的命运
304	道　路
306	诗　人
309	**克拉索夫**（1810—1855）
311	歌（我的朋友）
312	歌（我的青春已经消逝）
314	俄罗斯谣曲
316	夜间的旅伴
317	仿佛出殡时唱起的丧歌……
319	**格列科夫**（1810—1866）
321	期　待
323	上帝保佑
324	不，我为艺术而爱艺术……
325	秋天的标志
327	多么神奇的夜呵……
329	**罗斯托普钦娜**（1811—1858）
331	护身符
332	争　吵
335	她是诗人……

336	"她思考一切!"……

339	**德拉琉**（1811—1868）
341	沃克吕兹涌泉
342	具体的理想

343	**奥加廖夫**（1813—1877）
345	老　宅……
347	致友人
348	山谷浓雾弥漫……
349	还在狂热祈求爱情的一颗心……
350	自　由

353	**莱蒙托夫**（1814—1841）
355	波浪与人
356	黑眼睛
357	哦，够了，别再纵容荒淫无道……
358	致——
360	从前，我把爱的接吻……
361	我渴望生活……
362	致——
364	孤　帆
365	美人鱼
367	黄澄澄的麦地波浪似的起伏……
368	我一听到你的声音……

369	致斯米尔诺娃
370	寂寞又惆怅
371	塔玛拉
374	叶　子
376	不，我如此热恋的并非是你……
378	我独自一人踏上了旅途

381	**阿·康·托尔斯泰**（1817—1875）
383	并非拂过高空的风……
384	我的风铃草……
387	如果要恋爱……
388	朋友，千万别相信……
389	白桦被一把锋利的斧子砍伤……
390	我的故乡……
391	让云雀的歌声更加嘹亮……
392	泪滴在你嫉妒的眸子里战栗……
394	秋……
395	寂静笼罩着金色的田野……
396	还在那早春的时节……

399	**屠格涅夫**（1818—1883）
401	途　中
402	小　花
404	山　雀

405	**波隆斯基**（1818—1898）
407	旅　途
409	相　遇
410	修　女
412	乞　丐
413	夜
415	难道不是我的激情……
416	吻
417	别人的窗口
418	题克·什的纪念册
419	倘若死亡是我亲生的母亲……
421	**费特**（1820—1892）
423	思　绪
424	白　桦
425	美妙的画面
426	黄昏的天空风暴骤起
427	总是空谈崇高和优美令我感到无聊……
428	多么安谧的星夜……
429	我的朋友……
430	声音长出翅膀……
431	湖在沉睡……
432	第一朵铃兰……
433	在迟暮的黄昏时刻……
434	又是一股看不见的力量……

436	明镜似的月亮在蔚蓝的天宇中浮漂……
437	浴　女
438	只要我一看到你的笑意……
439	夜在闪烁……
440	死
441	手指又一次翻到了这亲切的书页……
442	我们重逢在长久的离别后……
443	你被晨光照亮全身……
444	云杉铺展衣袖遮住了我的小路……

445	**谢尔皮纳**（1821—1869）
447	音　乐
448	如果我的爱情惊扰了你的幸福……
449	书　信
451	宁　静
452	沐　浴
454	普罗米修斯之歌

457	**涅克拉索夫**（1821—1878）
459	三套车
462	雨　前
463	夜晚我坐车驶过漆黑的街道……
466	悼友人
468	生命的庆典……
470	我留神注意战争的恐怖……

471	我的诗行……
472	绿色的喧嚣
476	痛苦撕裂了我的心脏……
478	纪念杜勃罗留波夫
480	母　亲
481	窒　闷
482	早　晨
484	形　式
485	哦，缪斯……
487	**迈科夫**（1821—1897）
489	召　唤
491	这个被寒酸的苔藓加冕的荒凉海岬……
492	致多丽达
494	八行诗
495	沉　思
497	艺　术
498	在夜的寂静中……
499	没有忧愁的生活……
500	瞬息的思绪
501	倘若可以，我愿意你的脑袋轻倚我的肩臂……
502	在我那遥远的北方……
503	**FORTUNATA**
505	春天！推开第一扇窗户……
506	燕　子

508	仿佛明媚春天的一只鸽子……
510	刈草场
511	春　天
512	远古的尸骨
514	吻
515	我想要热烈地吻你……
516	灵魂深处有一些秘密的思想……
517	嗨，我的儿子……
518	天穹已经开始泛白……

519	**梅依**（1822—1862）
521	书　信
522	你痛心不已……
523	喂，喂！……

525	**葛利高里耶夫**（1822—1864）
527	精灵唱给蛹的歌谣
529	我并不爱她……
531	我爱过你……
534	我熟悉的旧纪念册……

535	**尼基丁**（1824—1861）
537	大理石
538	乡村的冬夜
542	早　晨

544	穷　人
546	时间在缓慢地前进……
548	乡村夜宿
549	我们的时间将被可耻地消耗……
551	田野的上方……
552	灿烂的星光……
554	一把铁锹挖出了幽深的大坑……

555	**尤·查朵芙斯卡娅**（1824—1883）
557	你很快会把我忘掉……
558	临近的乌云
559	而今并非那样……
560	我这疯女人还是那么爱他……
561	但愿我能静坐着眺望远方……
563	早　晨
564	中了魔法的心
566	在路上

567	**赫沃莘斯卡娅**（1825—1889）
569	有那样的日子……
571	夕阳就这样在漆黑的乌云背后滚落……
573	我们不止一次地考验过理智……

柯兹洛夫(1779—1840)

柯兹洛夫（Иван Иванович Козлов，1779—1840），出生于莫斯科一个古老的贵族家庭。在家庭接受教育，通晓多种语言。曾在禁卫军部队服役。退伍后一度担任过文职工作。他在写作上追随茹科夫斯基，充满了人性的关怀和对宗教的虔诚，曾得到普希金的热情鼓励。1821年，他的眼睛完全失明，但仍然以罕见的勇气和韧性学习外语，从事意大利、法语、德语和英语的翻译工作。他的创作对年轻的莱蒙托夫和谢甫琴科产生了很大的影响。

黄昏的晚钟……

黄昏的晚钟,黄昏的晚钟!
它带来了无数的思绪,
怀念在故乡的青春时光,
我的初恋,我祖居的老宅,
我最后一次听到它的声响,
便与它作了永远的诀别!

我充满欺诈的春天,
永难再见明媚的时日!
当年快乐年轻的伙伴们,
而今有多少不在人世!
他们长眠的大梦如此深沉,
再也听不到黄昏的晚钟!

我也会躺进潮湿的泥土!
在我墓穴上空,谷底的风
四下传送忧郁的旋律;
另一位歌手将从此走过,
不再是我,而是他

沉思着歌吟黄昏的晚钟!

1828

非真亦非梦

(幻想曲)

A song that said a thousand things.①

借助想象离开尘世的生活,
我怯生生地眺望漆黑的远方。
我自己也不知道为什么而忧愁,
我自己也不知道为什么惋惜。

仿佛礁岩之间一朵碎浪,
白银月亮的一道光亮,
如同霞光,一支心爱的歌曲
激起了情感的不安与惊惶。

希望,恐惧,对往事的回忆,
悄悄地环绕着我挤成一堆;
我无法用语言来尽情表述
内心不由自主所产生的幻想。

---

① 英语:一支诉尽千事的歌。

过往岁月的明朗变得阴郁,
染上了一层沮丧的暗影;
亲爱的幻影在闪烁,诱惑,
俘获了夜之黑暗中的眼神。

我仿佛觉得:一支歌曲
从迷蒙的云彩背后传出来……
我准备用自己的真心
去抚慰那些秘密的不安……
1832

茹科夫斯基(1783—1852)

茹科夫斯基（Василий Андреевич Жуковский，1783—1852），俄罗斯浪漫主义诗歌的奠基者和最杰出的代表。出生于图拉省的别廖夫县，父亲是一名地主，母亲则是一名土耳其的女俘。童年被破落地主安德烈·茹科夫斯基收为养子。1797年，进入莫斯科大学附属的贵族寄宿学校学习，在那里接触到欧洲的浪漫主义文学。1801年毕业后，开始翻译英国诗人葛雷的名作《墓畔挽歌》，后改为《乡村墓地》发表在卡拉姆辛主编的《欧罗巴导报》上。1815年，应召入宫任职，一度担任沙皇亚历山大二世的教师。茹科夫斯基热衷于探索内心世界的微妙纹理，沉溺于梦幻与神话，主张感情的自然流露，善用比喻和暗示，期望渲染出一种神秘的美。当时，他那些表达细腻、遣词精妙和音韵和谐的作品曾引来了大批的追随者，对包括普希金在内的年轻诗人给予了积极的影响。他在翻译上也有斐然的成就，曾将荷马史诗、阿拉伯叙事诗、拜伦、席勒的作品翻译成俄文。晚年与侨居国外，最后逝世于德国的巴登-巴登，遗骸安葬于圣彼得堡。

友　谊

　　一棵橡树,遭到雷霆的轰击,
从巍峨的高山上滚落,沦落在尘埃之中,
但柔韧的常春藤却与之相伴,缠绕它整个的身体……
　　哦,友谊,这就是你!
1805

黄　昏

在明丽的沙滩上蜿蜒流淌的小溪，
你安谧的和声多么令人惬意！
你带着晶亮的光闪滑进了河流！
　　快来吧，吉祥的缪斯，

头戴鲜艳的玫瑰花冠，吹起金色的排箫，
对着飞沫轻溅的河水沉思，躬下腰身，
在睡意蒙眬的大自然的怀抱，
　　激醒声响，歌唱迷雾的黄昏。

山峰背后的落日多么迷人，
暗影覆盖田野，而树林也显得遥远，
摇曳的城市在如镜的水面倒映，
　　被一道道殷红的霞光照亮；

牛羊们蹿下金色的山岗，奔向河水，
在水面发出鸣叫，比往常更为响亮；
渔夫收拉起渔网，驾起一叶轻舟。
　　沿着灌木丛生的河岸漂荡。

木船上的船夫们相互呼应，此起彼落，
一起划动船桨，齐刷刷划开波浪；
耕夫们掉转犁头，沿着土块覆盖的垄沟，
　　从各自的田地汇聚到一起。

黄昏降临……天边的云彩黯淡，
最后一抹霞光在塔楼上弥留；
河中最后一支闪烁的水流
　　与逐渐黯淡的天空同时消失。

万籁俱寂：丛林安睡，四周一片安谧；
我摊开四肢躺在垂柳遮蔽下的草丛，
聆听灌木丛掩映的一股溪水
　　如何汇入河流，响声淙淙。

植物的芬芳混合着一丝清凉！
多么甜美，水流静静地拍击河岸！
多么安谧，微风轻拂水面，
　　还有柔软的柳枝在轻颤！

小溪之上，芦苇的窸窣声依稀可辨，
远处公鸡的啼鸣惊醒沉睡的村庄；
我听到草丛中秧鸡野性的嘶喊，
　　森林中传来了夜莺的歌唱……

怎么啦?……远处掠过什么神奇的光?
耸起东方的云峰,火样燃烧起来;
淙淙低语的泉水在黑暗中溅出火星;
  一棵棵栎树倒映在河面。

月亮在山岗后面露出残损的脸庞……
哦,沉思的天空一颗安谧的星,
你的光辉在森林的幽暗中荡漾!
  你给河岸抹上轻淡的金光!

我端坐着思索;我的灵魂充满幻想;
借助回忆去追寻飞逝的时光……
哦,我生命中的春天,你消逝多么迅疾,
  带走了你的幸福与痛苦!

我的朋友,我的旅伴,你们在哪里?
莫非相会的日子永远无期?
莫非一切欢乐的水流行将干涸?
  哦,你们,夭亡的欢娱!

哦,兄弟!哦,朋友!我们神圣的圈子在哪里?
热情地讴歌缪斯与自由的谣曲在哪里?
冬天暴风雪的喧嚣下酒神的欢宴在哪里?
  面对大自然立下的誓言在哪里?

灵魂是否还珍藏着兄弟不朽的情谊？
你们在哪里，朋友？……或许每人走着自己的路？
他失去了旅伴，被怀疑的重负所拖累，
　　灵魂深处充满了绝望。

命中注定蹒跚着走向墓葬的深渊？……
一个已长眠不起，犹如昙花一现，
爱的泪水浸透了早逝者的灵柩。
　　另一个……哦，公正的苍天！

而我们……难道能相互视同陌人？
难道只有美女的青睐和名利在追逐，
或者被世人视为荣华的浮名
　　才能够抚平你心中的回忆，

关于灵魂的欢愉，青年时代的幸福，
以及献身友谊、爱情和缪斯的回忆？
不，不！且让每个人遵照自己的命运行走，
　　但在内心依然眷爱难以忘怀的……

厄运将我判定：走一条无法预知的道路，
做和平村庄的朋友，热爱大自然的美，
在栎树的荫覆下呼吸安静的气息，
　　垂下目光俯视河面的飞沫，

歌唱造物主、朋友、爱情和幸福。
哦，谣曲，心灵纯洁无瑕的果实！
谁能吹起排箫，让飞驰的生命
　　充满活力，谁就赢得了至福！

安谧的清晨，迷蒙的雾霭
仿佛云彩覆盖了田野和山岗，
太阳升起，沿着蓝幽幽的树林，
　　静静地披洒自己的光芒。

有人快乐地撇下乡村的茅屋，
赶到栎树林中，惊醒沉睡的鸟儿，
弹起竖琴，应和牧人的芦笛，
　　歌唱这一颗星的复活！

如此，歌唱是我的宿命……能否长久？……
又怎能知道？……
唉！或许，不久，在某一个黄昏，阿尔宾
将与忧郁的明瓦娜一起来到这墓前，
　　凭吊这安静的年轻人！

1806

歌　手

朋友，就在树荫下，在清澈的河水岸畔，
你们是否看见一个草皮覆盖的土岗？
那里依稀可以听见流水拍击河岸的声音；
那里依稀感觉得到掠过树叶的微风；
　　树枝上悬挂着竖琴和花环……
　　呜呼！朋友们，这土岗就是坟墓；
　　泥土在此覆盖了一位歌手的遗骸；
　　　　一位可怜的歌手！

他的心地淳朴，他的灵魂温柔——
但他只是尘世间一名短暂的过客；
刚及风华正茂——却已厌倦了生命，
在焦虑和忧郁中等待终局；
　　他过早地迎来这个终结，
　　怀揣期盼的梦想进入坟墓……
　　你的人生短暂，可哀的短暂，
　　　　一位可怜的歌手！

他歌颂过友谊，曾向朋友伸出温柔之手——

但忠诚的朋友正值华年却意外夭折；
他歌颂过爱情——但歌声充满了哀伤；
呜呼！他品尝到爱情唯独只有痛苦；
　　而今一切，一切均已结束；
　　你的灵魂享受到了安宁；
　　你步履匆匆；你的坟墓安谧，
　　　　一位可怜的歌手！

就在这里，在小溪旁边，黄昏时分，
他曾经无比忧悒地吟唱告别的歌曲：
"哦，美丽的世界，我在此虚度时光；
永别了；我曾经祈盼过幸福，
　　怀着受骗的灵魂——梦想已终止；
　　让一切破灭，让竖琴不再奏响；
　　赶快，赶快走向世界的隐修所，
　　　　一位可怜的歌手！

倘若生命失去了魅力，又有何意义？
预感着幸福，灵魂向着它飞翔，
但在幸福和我之间横亘着一道深渊；
每一时刻都在祈盼，为祈盼而战栗……
　　哦，一颗颗痛苦心灵的港口，
　　坟墓，通向安宁的忠实道路，
　　何时也将我带走，

歌

心上人赠予的戒指,
我不慎掉进了大海;
就此,我人间的幸福
随这戒指烟消云散。

她送我戒指时说道:
"戴着它!不要忘记!
只要有戒指相伴,
我就永远与你同在!"

一个倒霉透顶的时辰,
我到海水中扑腾了几下,
戒指不慎滑到了水中;
寻找……但哪里找得到?!

从此,我们就成了陌路人!
我去看她——也不加理睬!
从此呀,我的快乐
也就沉到了深深的海底。

你这可怜的歌手?"

歌手已不在了……他的竖琴也不再响起……
他的踪迹也已经在故地消失;
峰峦和谷底的一切都沉溺于哀痛;
万籁俱寂……唯有悄静的微风,
　　偶尔掠过了坟头,
　　吹动了枯萎的花环,
　　竖琴发出哀怨的应和:
　　　　一位可怜的歌手!

1811

哦,子夜的风,快苏醒,
做我的朋友来帮忙!
从海底捞起那戒指,
将它扔在草坪上。

昨天,她显得很可怜,
含着泪水找到我,
还是像从前一个样,
眼里闪烁热情的火。

温柔地挨着我坐下,
将纤纤玉手伸给我,
有满腹的话儿要倾诉,
但一句也没法说出来。

你为什么要给我温柔?
你为什么要向我示好?
我需要的是爱情,爱情……
但爱情并不曾得到。

谁若是愿意去寻找,
大海有无数琥珀蕴藏……
但我只需要一枚戒指,
它镌刻着我全部希望。

1816

回　忆

逝去了，逝去了，迷人的岁月！
心灵再也找不到如你这般的好人儿！
唯有在回忆的忧伤中残留你的踪迹！
唉，但愿我能将你整个儿忘记！

既成的愿望总是向你飞驰而去——
没有任何力量抑制爱情的泪滴！
对你不住地回忆是一种大不幸！
但更为不幸的——将你彻底忘记！

哦，且让希望来取代那忧愁！
我们的快乐——为幸福流下泪滴！
回忆的忧伤让我生不如死！
但是，唉！活着——又怎么能够忘记！
1816

牧羊人的怨诉

每天,我数百次爬上
这一座熟悉的峰巅;
站立,躬身拄着手杖,
从峰顶向着谷底俯瞰。

叹一口气,我经常地,
经常地,跟着一群绵羊,
步履缓慢地走进谷底,
完全忘掉了自我。

还像从前,整个草坪
充满花朵年轻的美,
我摘下几朵——但是,
自己根本不知送给谁。

经常地,我被钉在地上,
面对风雨,面对雷暴:
我依然期盼,屋门会打开……
但那不过是骗人的梦。

我看见,有一道彩虹
正照耀亲切的茅屋……
为什么她却飘向远方?
她飘到了另一个地方。

她飘飞越来越远!越来越……
万籁将归于沉寂,很快!
逃命吧,绵羊,逃命吧!
啊,心灵已被哀伤填满!
1817

叶 子

离开了友好相处的树枝，
孤零零的叶子，告诉我，
你飞向何处？……"我也不知；
雷霆击断了亲爱的橡树；
从此，我被偶然的命运裹挟，
飘到了谷底，飘上了山坡，
奔向命运所指引的地方，
奔向世人都追求的地方，
那桂花树叶向往的地方，
轻盈的玫瑰花瓣向往的地方。"

1818

歌

那些已逝岁月的魅惑，
你为何又重新复活？
谁惊醒了这回忆
和沉默已久的幻想？
往事对灵魂低声致意；
熟悉的目光对灵魂传情；
顷刻，早已匿迹的无形之物
重又变得可见可闻。

哦，亲切的客人，神圣的过往，
为何又让我的胸口窒闷？
我是否能够说：活下去，希望？
我是否能够说：往事重现？
我是否能够借助崭新的光辉，
再度目睹幻想那凋零的美？
我是否能够为熟悉的生命
赤裸披上一件遮羞的华服？

灵魂为何向往遥远的国度，

那里所有时日已经不在?
荒凉的远方杳无人迹;
他也不能发现逝去的年岁;
那里只有一位聋哑的居民,
亲切往昔的一名见证者;
与他同在的是所有美妙的时光,
它们已被埋葬进唯一的坟墓。

1818

大海（哀歌）

　　沉默的大海，蔚蓝色的大海，
我着迷地伫立在你无底的深渊上空。
你活跃；你呼吸；你充满惊惶的爱情，
你充满了各种令人不安的愁绪。
沉默的大海，蔚蓝色的大海，
请你向我敞开深藏的秘密：
为什么总是摇晃你无边的怀抱？
你高耸的胸脯在呼吸着什么？
莫非是遥远而澄澈的天空在呼唤你，
摆脱这尘世间一切的羁绊？……
你充满了秘密而甜蜜的生命，
你在纯洁的映照下显得愈加纯洁；
你流淌着与它一样明媚的蔚蓝，
闪烁着黄昏的余晖和清晨的曙光，
你抚爱它金光灿烂的云彩，
在海面上快乐地闪耀一样的星光。
如果黑黢黢的乌云集聚在一起，
你也就被剥夺了明亮的天空——
你拍击，你咆哮，你掀起汹涌的波涛，

你暴怒地去撕扯敌对的云雾……
顷刻，迷雾消失；顷刻，乌云远去；
但是，你充满了对过往的担忧，
依然长久地搅动你可怖的波涛，
即便回归的天空甜蜜的光辉
也根本不能返还你一片宁静；
你静止的外表只是一种假象：
你把骚乱的种子藏进安谧的深渊，
你一边欣赏天空，一边为它而战栗。
1822

1823年3月19日

你在我的面前
安静地站立。
你忧悒的眼神
充满款款的深情。
这眼神让我想起
那些亲密的往事……
在这尘世间,
它是最后一瞥。

你去了远方,
如同安静的天使;
你的坟墓,
安谧如天堂!
那里储存了
所有大地的记忆;
那里有关于天空的
一切神圣的思绪。

天空闪烁的星星,
安谧的夜呵!……
1823

幻　影

在树荫下，伴着琴弦声，在黄昏
　　正在消逝的余晖中，
有如初恋时光迷人的诱惑，
　　有如青春岁月的魅力——
她出现在我的面前，
　　一袭白衣，有如轻雾；
轻薄的蓝色帷幕裹住了
　　她空气般轻盈的身躯；
她悄悄地将它缠绕，
　　又悄悄地将它松开；
时而，站立着将它摘除，
　　露出黑色鬈发的小脑袋；
时而，奇妙地散开所有的衣饰，
　　它们如幽灵在她身后隐没；
时而，低首，手指托住嘴唇，
　　眸子闪烁沉思的火焰，
将思索注入一个人的内心，
　　突然……掀开了头巾……
显示出三倍以上的诱惑……

随即消失……仿佛从不曾出现！
迷狂延长的想法只是枉然……
　　她永远不再返回；
只是灵魂充满了忧伤的怀念，
　　怀念那亲爱的幻影。

1823

达维多夫（1784—1839）

达维多夫（Денис Васильевич Давыдов，1784—1839），出生于莫斯科一个军人家庭。达维多夫本人也具有出色的军事才能，在1812年的卫国战争中，他曾指挥一支游击队屡立战功。他早年创作寓言诗和讽刺诗，因此触怒了沙皇和一部分权贵，影响了自己的仕途，被调遣到偏远的地区。除创作军旅诗歌外，达维多夫也擅写爱情诗，他的诗歌语言诙谐、幽默，同时也略带伤感。普希金十分欣赏他的诗才，自承曾模仿他的诗风。

题纪念册

在马褡子上,在鞍袋中,我拽取一支排箫,
它有时在胳膊肘下,有时枕在脑后;
  我把它遗忘在马的两蹄之间,
  在尘埃中,在雨的潮气里……
如此,我又怎能拨动已经断裂的琴弦,
去歌唱爱情、月亮,芬芳的玫瑰花丛?
  让战争的惊雷去轰鸣吧,
  我是擅长唱这类歌曲的艺人!

1811

哀 歌

哦,放过我吧!为何要展示亲昵和词语的魔力,
为何有这温柔的眼神,有这沉重的叹息,
  你蔽体的衣衫为何漫不经意地
    从白皙的香肩和高耸的酥胸滑落?
  哦,放过我吧!没有这些,我已难以生存,
    我即将死去;一旦你来临,
我听到轻微的窸窣声,就屏住了呼吸;
只要听到你说话的嗓音,我就发愣麻木;
    但你走了进来……爱情的战栗,
  死亡,生命,疯狂的欲望无止休地
    在我沸腾的血液里奔涌,
    我的呼吸时断时续!
  时间与你一起飞逝,飞逝,
我的舌头不能出声……唯有期待与幻想,
还有甜蜜的痛苦,还有心醉的眼泪……
  我的眼神被你的美深深吸引,
仿佛贪婪的蜜蜂钻进了春天的玫瑰花瓣。

1817

格林卡（1786—1880）

格林卡（Фёдор Николаевич Глинка，1786—1880），出生于斯摩棱斯克省的一个中等贵族家庭。曾在彼得堡第一武备学校学习。参加过 1805 年的抗法战争和 1812 年的卫国战争。他是当时秘密组织"救国同盟"和"幸福同盟"的主要参与者。但他的思想属于温和派。十二月党人起义失败后，他两次被捕，因没有参与具体的起义活动被从轻发落。晚年，他的思想趋于保守。格林卡的诗歌主题为对正义、自由的褒扬，反对专制和暴政，其作品因在激情中显露了理性的思考而备受瞩目。

犹太俘虏的哭诉

我们一旦沦落成俘虏，
被远远带离锡安的城墙，
泪水成溪，不止一次
汇入异域河流的波浪。

我们思念你，默默地伤心，
百般惆怅，神圣的锡安！
希望很少照耀我们，
那希望只是空无的梦幻！

善于预言的风琴沉默着，
我们快乐的铜钹也不出声，
暴徒们枉然命令我们：
"唱一支锡安的歌曲！"

锡安歌——是自由的声音！
这歌声是光荣给我们的恩赐！
我们用来歌唱自然的秘密，
歌唱上帝神奇的业绩！

响亮的风琴啊,别作声,
沉默如同我们受奴役的精神!
我们不会玷污歌曲的纯洁:
绝不用它来愉悦恶棍的视听。

呜呼!残酷的不自由时光
不可能让风琴恢复生命:
镣铐重锁下的奴隶,
绝不再唱出崇高的歌声!
1822

三套车

沿着宽广的大道,
三套车在远方飞驰,
瓦尔达出产的小铃铛,
在颈轭下忧郁地响起。

剽悍的车夫深夜起身,
寂静令他伤感不已,
他歌唱心上人的眼神,
开始歌唱美丽的眸子:

"啊,这眼神,蓝色的眸子!
让年轻人为之伤感;
哦,无情的人们,你们
为什么要将两颗心拆散?

而今我变得孤单又可怜!……"
他突然在空中抽了三鞭——
小伙儿对马车发泄了愁怨,
仿佛夜莺在歌声中啼出鲜血。

1825

巴丘什科夫（1787—1855）

巴丘什科夫（Константин Николаевич Батюшков，1787—1855），俄罗斯哲理诗的重要代表。出生于沃洛格达的一个贵族家庭。青年时代参军，投入反抗拿破仑的卫国战争。退伍后，一度进入外交部工作。1822年，罹患精神疾病，限制了其才能的发挥。巴丘什科夫早期接近卡拉姆辛的感伤主义诗风，后期则趋向于哲理抒情诗的写作，较多尝试哀歌体裁的写作。他对古罗马诗歌颇有研究，十分注意诗歌的形式，认为诗是"想象、情感和幻想的结合"，歌颂爱情与友谊，号召人们要享受"人间的欢乐"。在具体写作中，他赋予每一行诗句以沉思的品格，追求细节上的准确和形象的鲜明性，但少数作品流于过分的华丽和雕琢。他的创作对后世的影响很大，曾引起白银时代的不少诗人的效仿和发扬光大，其中如勃洛克、曼德尔施塔姆等。

哀　歌

幸福来临的时候如此缓慢，
它疾速离开的时候如此飞快！
谁若不是一味追逐便无上快乐，
并且可以在内心将它找到！
在我令人感伤的青春年华，
我曾经幸福过——一分钟，
然后，呜呼！就遭受了来自
人群与厄运的强烈痛苦！
希望的骗局给我们以安慰，
给我们哪怕只有片刻的慰藉！
最不幸的时刻，谁若以心灵
来聆听希望之声，谁就会幸福！
可是，那曾经诱惑过心灵的希望，
而今已消失得无影无踪；
希望已经背叛了心灵，
唯有叹息在它背后追随！
我祈愿经常自我迷失，
忘掉不忠实的她……但不能！
我看见令人厌恶的真相，

我真应该抛弃掉幻想!
我失去了世间的一切,
我青春的花朵已经枯萎:
作为幸福来幻想的爱情啊,
唯有爱情它独自留在我内心!

1804—1805

牧羊女的墓志铭

亲爱的女友们!沉醉在戏耍的无忧无虑中,
你们在草坪上随着舞蹈的旋律蹦蹦跳跳吧,
我和你们一样,曾经幸福地生活在阿卡迪亚,
生命的清晨,我也曾经在这些森林和草坪
  享受过短暂的欢娱;
笼罩在金色幻想中的爱情曾经允诺我幸福;
但在这些欢乐的地方,我究竟得到了什么?——
  一个坟墓!
1810

酒神的女祭司

大家赶赴厄里戈涅的节日,
酒神的女祭司结伴而行;
风神喧哗,四下传播
呼啸声、拍溅声与呻吟声。
在一片僻静、蛮荒的树林,
年轻的自然女神意外掉队;
我跟在她身后——她奔跑着,
比年轻的岩羚羊更轻盈。
欧洛斯晨风吹动了头发,
被常春藤纠缠在一起;
放肆地脱掉宽大的法衣,
把它们随意卷成一团。
匀称美丽的身躯,裹着
啤酒花编织的黄色花环,
被激情燃烧的两颊
闪烁玫瑰般灿烂的绯红,
两片嘴唇娇艳欲滴,
含着一颗紫红的葡萄粒——
一切在疯狂地展示诱惑,

心中流淌着火焰与毒素!
我跟在她身后……她奔跑着,
比年轻的岩羚羊更轻盈:
我赶了上去——她倒下!
脑袋下面的小定音鼓!
酒神的女祭司尖叫着
从我们身边疾奔而过;
小树林里响彻一片喧嚷:
嗷嗷!温存的声音!

1814—1815

森林的野性中有一种愉悦……

森林的野性中有一种愉悦,
　　临海的滩岸上存在着快乐,
在巨浪的絮语中存在着和声,
　　虽说这浪花在无谓奔跑中碎裂。
我爱亲近的人,但你,大自然母亲,
　　你是心灵最为珍视的存在!
主宰我的女王,与你在一起,我
　　就惯于忘掉更年轻时曾经的一切,
忘掉而今被岁月的寒意笼罩的一切。
　　因为你,我的感觉得以复活:
灵魂不知道以华辞将它们表述,
　　也不知如何对它们表示沉默。
你不如喧嚣吧,喧嚣,浩渺的海洋!
　　生命短暂的人,虚无的僭主,
在遗骸之上建造了一座废墟,
　　但大海何须对什么心存觊觎?

1819

拟古(六首)

1

没有死亡的生命不是生命:那么,它是什么?
　　容器,里面是蒿草堆中的一滴蜂蜜;
这个本都国多么伟大!沙漠中蔚蓝的君主,
哦,太阳!你无比神奇,天空的奇迹!
　　大地上也有如此众多的美妙!
但一切是赝品或者是枉然的银饰:
　　痛哭吧,必死的人!痛哭吧,
严厉的涅墨西斯手握着你的仁慈!

2

　　岩石对笛声非常敏感;
　　骆驼能够听懂爱情的歌声,
负重会发出哀吟;你可以发现——
　　在也门峡谷中,因为夜莺的歌唱,
玫瑰鲜艳地开放——比血液更加鲜红……

可是，你，美人儿……我无法将你猜透。

3

你瞧，这棵柏树不结果实，犹如我们的草原——
　　但是它永远新鲜而葱郁。
公民，你是否能结出一粒果实，就像那棕榈？
　　那么，就效仿一下柏树：
像它那样，孤傲，威严，并且自由。

4

在姑娘的痛苦中逐渐走向远方，
　　蓝幽幽的尸体逐渐冷却——
爱情徒然在他身上流淌着龙涎香，
　　打量云彩似的鲜花。
白皙犹如百合置身蔚蓝的矢车菊，
　　仿佛蜡质的雕像；
对残废的手指而言，不存在鲜花中的快乐，
　　芬芳也只是虚无。

5

哦，必死的凡人！你是否希望平安无恙地渡过

  这一片汹涌不已的生活海洋？

千万不要骄傲：顺风时刻，要放下风帆，

  放下那傲慢者的幸福。

在狂风肆虐的时候，不要放弃舵盘！

面对幸福——做西庇阿，在战争的恐慌中——成为彼得。

6

孩子，你想来点蜂蜜？——就别害怕被螫刺；

  你向往胜利桂冠？——就勇敢地投入战斗！

  你喜欢珍珠？——那就到海底去打捞，

尽管那里有一条鳄鱼正咧开大嘴伺机下口。

别害怕！上帝下判决。他是勇士的父亲，唯有勇士

才配拥有珍珠、蜂蜜，或者牺牲……或者桂冠。

1821

你是否知道……

你是否知道,在弥留之际,
头发花白的麦基洗德说出了什么?
  一个人作为奴隶而出生,
  也将作为奴隶而躺进坟墓,
  死神未必会给他启迪,
他为什么要在神奇的泪谷中奔波,
  受苦,恸哭,忍耐,最终消失。

1821

卡杰宁（1792—1853）

卡杰宁（Павел Александрович Катенин，1792—1853），出生于科斯特罗马省的一个古老的贵族家庭。曾在国民教育部工作，后加入禁卫军任职。参加过 1812 年的卫国战争。曾参与十二月党人的秘密活动。晚年以少将军衔退伍。他是俄罗斯浪漫主义诗歌的代表人物之一，主张从民间文学中汲取养料，增强诗歌的人民性，其作品风格硬朗、刚健，语言朴素、准确，曾得到普希金和格利鲍耶陀夫的高度评价。

船上的忧愁

我们逆风而行,铁锚也如此沉重,
海船被牢牢地紧锁于海底,
我内心愁闷,愁闷,整日惆怅不已;
我知道,烦恼的日子已来临。

快乐的时光很快就会终结;
死亡,这不速之客,挡住了去路,
悲伤压住了心头,犹如包袱;
一根芦苇又怎么能够支撑?

我与生活的风暴抗争了三年,
已有三年没见过亲人的面,
一大清早,下起了绵绵阴雨,
凶狠的暴风雨,哪怕在正午暂停一下!

怎么?或许,我会比以前幸福,
见到老母亲,与朋友相拥抱。
够了,蓬勃的心,要相信希望,
滚开,你别自我伤害。

1814

我们的祖国正在承受痛苦

哦,歹徒,在你的重轭下,
我们的祖国正在承受痛苦!
倘若专制暴政还要压迫我们,
我们就会推翻沙皇与宝座。

  自由啊!自由啊!
  你才是我们的皇帝!
哦,与其生为奴隶,不如去死——
这是我们每个人立下的誓词……
1816—1820

爱　情

夜莺，在深夜，在树荫下，
你吟唱什么，吟唱什么？
是什么让你唱给女友的歌
充满了力量，激情似火，
让胸脯颤动，血液沸腾？
所有生者的灵魂是：爱情。

请不要叹息，美丽的姑娘！
你一定能得到快乐的时辰。
你脸颊的玫瑰为何要凋落？
你的眼中为何流淌出泪水？
赶快让心灵去迎接欢乐吧；
把快乐赠予你的是爱情。

春天，到处是金光灿烂的日子，
唯有爱情让我们感到愉悦。
年轻人，赶紧悄悄地去捕捉
幸福的时光，柔情蜜意的时光；
钟声敲响……爱吧，一次又一次；
在尘世幸福的峰顶是：爱情。

1830

维雅泽姆斯基（1792—1878）

维雅泽姆斯基（Пётр Андреевич Вяземский，1792—1878），出生于莫斯科一个有世袭封邑的公爵家庭。曾就读于彼得堡的师范学院附属寄宿学校，后聘请莫斯科大学教授在家授课。曾参加1812年的卫国战争。曾担任驻波兰华沙的外交官，但因同情波兰和革命者被解送回国。他与茹科夫斯基、巴丘什科夫的私交甚好，其写景诗别具一格，在对自然风光的描写中表现了对下层人民的同情和怜悯，流露了一定的平民色彩。晚年在沙俄政府担任要职，思想趋于保守。

乌黑的眼睛

南方的星星！乌黑的眼睛！
另一重天空的火光！
在黯淡的子夜寒冷的天空，
我的眼睛遇见的可是你们？

南方的星座！心灵的穹顶！
观赏着你们的心灵——
为这南方的恬静、南方的梦，
跳动、痛苦，热血沸腾。

心灵被隐秘的快乐所笼罩，
在你的火光中燃烧殆尽；
你在沉默的天穹深处寻找
彼特拉克的音韵，塔索的歌声。

虚幻的激情！低沉的曲调！
呜呼，心灵不再有歌声！
北方的姑娘南方的眼睛，
如你这般热烈，如你这般温情！

1828

旅途愁绪

声音单调的小铃铛,
马车夫悠长的吆喝声,
冬天草原寂寥而幽暗,
云朵是天空的殓衣!
大地那僵冷的尸体
也被盖上白雪的殓衣!
你把自己的理智与心灵
带进一个无垠的世界。

在麻木不仁的闲散中,
在不寐和幻梦之间,
我的思绪陷入了
单调而无聊的惆怅。
我不寂寞,也不忧伤:
仿佛日常的工间休息,
但无法用口述的方式表达,
我为什么如此惊惶不安。

1830

还是三套车

三套车疾驰，三套车飞奔，
马蹄儿扬起一溜儿尘土，
小铃铛的哭声多么响亮，
时而哈哈大笑，时而尖叫。

一路上，车马辚辚不断，
时不时响起清脆的铃铛声，
有时，在远方哐啷哐啷，
有时，发出低沉的呻吟。

仿佛林妖遇见了女巫，
相互应和着发出了呜喊，
或者像美人鱼不住地嘟哝，
在窸窣作响的芦苇丛。

俄罗斯草原，漆黑的夜，
到处弥漫诗的信息！
其中传播着朦胧的思绪，
还有毫无拘束的自由。

月亮从乌云的背后露出了
自己浑圆的轮廓，
笔直地向着旅人的脸庞，
挥洒朦胧的光点。

谁是这旅人？来自何方？
他的旅途是否还遥远？
他夤夜赶路，如此匆忙，
是因为被迫，还是出于自愿？

他内心快乐还是忧伤？
是返乡探望自己的亲人，
还是去往凄楚的异乡？
亲爱的，他的行色匆匆。

他的心脏正激烈地奔涌，
是去向远方，还是走在归途？
莫非在期盼幸福的相会，
或者在为离别而依依不舍？

前方等待他的是订婚的戒指，
还是一场丰盛的宴会，
或者是姐妹坟头

一个祭奠亡魂的花圈?

谁知道呢?他已走远!
月亮也躲进了云层,
而在空旷无垠的远方,
小铃铛也同样沉入了深梦。
1834

白　桦

在精选的树木中，白桦
非诗意地投出一瞥，
但在它身上，故乡的散文
正用方言对着灵魂倾诉。

来自亲人愉快的信息
比所有悦耳的歌曲更甜蜜，
哪怕只是两行亲笔的词句，
值得心灵无数遍默读。

在异国他乡，邮递的中介
是我们大家珍贵的朋友，
他是林间小道，荒漠的喷泉，
他是通往另一国度的向导。

看到来自俄罗斯的邮戳，
我们中间谁还能依然冷漠？
白桦，你在这里，就像
亲爱的妈妈写给我们的家书。
1855（？）

致友人

我干杯,并不为很多人,
只为少数忠诚的友人,
在充满诱惑的无常岁月里
那些矢志不渝的友人。

我干杯,只为远方的人,
那些遥远而亲近的友人,
像我一样孤独的友人,
他们身处心异的人群中。

杯中,泪水与美酒相交融,
但这液体甜蜜而纯净;
仿佛黑玫瑰与红玫瑰
一起编进我酒桌上的花篮。

我举杯祝酒不为很多人,
只为少数忠诚的友人,
在充满诱惑的无常岁月,
那些矢志不渝的友人;

干杯,为遥远亲近的友人,
为遥远而内心亲密的友人,
纪念那些孤独的友人,
如今他们安眠在沉默的墓中。
1862（?）

我们进入老年的生命……

我们进入老年的生命——是一件破旧的长袍：
穿在身上觉得有些羞惭，扔掉又有点可惜；
我们与它长期相处，亲如手足兄弟；
无法翻新修补，也无法改变我们的关系。

我们随岁月而衰老，它也跟着一起衰老；
我们的生命凌乱参差，它也同样凌乱参差，
它身上浸透了黑色的汁液，墨迹斑斑，
但我们看重这些斑点，比所有的花纹更加珍视；

上面有羽毛笔的幼蘖，在它的根部
生长着我们明亮的欢乐或云彩的憔悴，
有我们所有的意念，有我们所有的秘密，
传递着所有的往事，所有的忏悔。

生命中留下了已逝之物的遗迹：
上面烙刻着哀怨和责备，
静卧着痛苦和灾难的影子，
但这影子秘密地蕴含了忧郁的柔媚。

它收藏着故事,里面有对亲人的怀念,
存活着对已逝存在的深切记忆,
哪怕在夕阳西下的时刻,我们
依然铭记清新的早晨,正午的光亮与暑气。

有时,我还喜欢这衰迈的生命,
即便它已有残损,出现了可悲的转向,
我精心呵护这件葆有爱情和荣誉的长袍,
犹如战士珍惜他被子弹洞穿的战袍。
1875—1877

雷列耶夫（1795—1826）

雷列耶夫（Кондратий Фёдорович Рылеев，1795—1826），出生于彼得堡一个小贵族家庭。曾在彼得堡第一武备学校学习。参加过 1812 年的卫国战争。雷列耶夫曾参与组织"北方协会"等秘密社团，成为激进派领袖。1825 年 12 月，发动起义失败被逮捕，次年 7 月被判处绞刑。他主张诗歌应有充实的社会意义和思想，其诗歌充满革命的激情，有很强的浪漫主义特征，"公民"和"自由"是最醒目的主题，对后世的革命民主主义文学产生了巨大的影响。此外，他的一部分涉及亲情的作品也展现了侠骨柔肠的情怀。

回忆 (哀歌)

——献给 H. M. 雷列耶娃

在你的记忆中是否还在描画
如此快速地消逝的青春时光——
多丽达,那时我们忘掉了所有人,
贪婪地享受爱情和生命的甜蜜?……
你是否还在亲切聆听蜿蜒的小溪
　　　发出含糊不清的咿呀儿语——
　聆听绿色的森林,幼嫩枝条的喧响,
　　　树叶儿窃窃私语的战栗?——
　那里,唯有我们满怀一腔柔情,
　　安静地坐在枝叶茂密的柳树下:
茫茫黑夜张开自己朦胧的雾幔,
鸟儿的啼啭也已沉寂,在远方消失,
　一轮新月探出云彩向下张望,
淙淙作响的溪水在夜色中闪烁……
　　　月亮披洒银色的光亮,
　　　　照耀我们,多丽达,趁黑夜,
　　　某种来自天堂的东西
　　为大地带来你迷人的妩媚:
　　　娓娓的交谈随即中断,

两颗心因为欣悦而痉挛，
　嘴唇贴紧嘴唇，目光淹没目光，
甜蜜的叹息一个接一个飞翔。
　　我不知道，还有谁亲密如你，
　但我绝不会忘掉美妙的过去：
那给我慰藉、给我甜蜜的幻想，
青年时代的疯狂、忧伤和空虚；
　这默默无言的愉悦与欢情
　　让我觉得如此亲切，仿佛紫罗兰
吐露的芬芳，仿佛美本身给出的初吻。
1823（？）

悼念夭亡的幼儿

大地短暂的来客,
大地昙花一现的美,
我的宝贝,你为什么
这么如此突然向天边疾飞?

你为什么沦落这动荡的尘世,
哦,纯净之美的天使,
在绝望的悲伤之中,
你离开了母亲与父亲?
1824

致 N. N

当心灵与致命的疾病
已搏斗得筋疲力尽,
我的朋友,你希望
来拜访我偏僻的一隅。

可爱的眼神,迷人的眼神,
你希望赋予受苦者活力,
你希望把有益健康的安宁
注入焦躁不安的灵魂。

亲爱的朋友,你的关心,
你令人愉快的同情,
再一次把幸福送还我,
治愈了我的病痛。

我并不祈求你的爱情,
我不能将它据为己有;
我没有力量予以回报,
你我的灵魂并不相投。

你的灵魂总是充满
一些美好的感觉,
它不能理解狂躁的感觉,
无法懂得严峻的思绪。

你会宽恕自己的敌人——
我并不熟悉这温柔的感情,
不认识那折磨我的人,
我为不可避免的复仇哭泣。

我的软弱只是暂时的,
我控制着灵魂的运动;
我不是基督徒,不是奴隶,
我无法原谅欺辱的恶行。

我不需要你的爱情,
另有要事等着我完成:
让我感到兴奋的,唯有战争,
唯有搏斗的焦虑不安。

我的理智不会有爱情降临:
呜呼!我的祖国正在受难——
灵魂正激荡着沉重的思想,
而今唯有自由才是它的期盼。
1824 或 1825

哀 歌

我的愿望已经实现，
往日的梦想也已成真：
你已辨认出我的爱情，
辨认出我剧烈的创痛。

我曾徒然让自己焦虑，
为激情而自我奖励：
幸福重又让心灵复活，
忧愁消失，像朦胧的梦境。

曾经被深夜的寒气侵袭，
矢车菊行将枯萎；
沾满露珠，它又喜获新生，
当东方露出晨光的熹微。

1824 或 1825

哀　歌

离开我吧，年轻的朋友——
你的目光和声音让我惊惧：
我已体验过爱情的病痛，
我知道它如何恐怖……
但是，疯狂的人，我说了什么？
为什么要指责和抱怨？
我是你的囚徒，残酷的朋友，
我已被你的目光所迷惑，
我自行奔向毁灭：
我害怕着与你相见，
却又不能不前去见你。

1824 或 1825

致亚·亚·别斯土热夫

像一名忧郁、孤独的漂泊者，
在空旷的阿拉伯草原上，
怀着深愁，从天边走到地角，
我像个孤儿似的到处流浪。
在我的灵魂深处显然
已渗透了对人们冷漠的憎恨，
我丧失了理智，竟然狂妄地
怀疑慷慨无私的友情。
你突然出现在我的面前：
蒙住双眼的绷带顷刻掉落；
我彻底放弃以前的意念，
一颗希望的星星重新
在高高的天空闪现。
请你接受我这劳动果实，
朋友，我知道，你不会嫌弃，
你拥有友谊全部的真挚。
作为阿波罗苛刻的儿子，
你在其中看不到什么艺术，
但是可以找到生动的感情，
我不是诗人，而是一个公民。

1825

公 民

在凶险不祥的时刻,
我是否会玷污公民这个称呼,
是否会效仿你们,堕落的斯拉夫人
那个娇生惯养的部族?
不,我不会在你淫荡的怀抱中沉沦,
在可耻的闲散中将年轻的时光消磨,
腐蚀热血沸腾的灵魂,
让它承受专制重轭的压迫。
任随年轻人不知自己的命运,
也不去寻思时代赋予的使命,
不曾准备好为未来而斗争,
不去争取被压制的人的自由。
且让他们怀着冷漠的灵魂对祖国的灾难
投去冷漠的眼神,
不去关注自己未来的耻辱,
毫不在乎子孙后代正义的责问。
他们将后悔不迭,一旦人民挺身而起,
发现他们沉湎在安逸慵闲的怀抱里,
通过激烈的暴动寻找自由的权利,但他们中间既找不到雷戈，也找不到勃鲁图斯[①]。

1825

[①] 雷戈（1784—1823），西班牙将军和自由主义政治家，因主张废除国王权力，被处绞刑。勃鲁图斯（公元前85—公元前42），古罗马政治家，曾主张共和，反对独裁。

监狱在我是一种荣誉……

监狱在我是一种荣誉,而不是惩处,
我为正义的事业而身陷囹圄,
这些锁链让我感到羞耻,
我身戴镣铐是为了我的祖国。
1826

米雅特列夫（1796—1844）

米雅特列夫（Иван Петрович Мятлев，1796—1844），出生于彼得堡一个富有的贵族家庭。自幼过着无忧无虑的生活，在家庭接受教育。曾参加抗击拿破仑的卫国战争，退役后在政府部门工作。他很早就显示出对诗歌的兴趣，但迟至1834年才出版第一本诗集。米雅特列夫为人机智、幽默，其作品带有一定的沙龙文化特征，语言活泼、生动，富于想象力。其诗歌曾得到普希金、茹科夫斯基、维雅泽姆斯基和莱蒙托夫的赞赏。此外，他还是一名出色的小说家，出版过长篇小说《库尔久科娃夫人在国外的印象与纪事》，有较大的影响，曾被改编成剧本搬上舞台。

星　星

别了，星星！我要睡去了，
但是，我舍不得离开你，
我已经习惯与你一起幻想，
此刻我还在幻想中生活。

莫非是不安的幻梦
给了我快乐的虚假幻象？
不啊，它对心灵重复的
更多是白昼的印象。

而你，神奇迷人的星星，
永远不变地闪烁，
你总是对忧伤的心灵
提醒那些美好的时日。

我一切愿望都奔向天空，
天空中有你在闪烁，
我的幻想将在那里实现……
别了，星星！再见呵！

1833

玫　瑰

玫瑰曾经多么美丽，多么鲜艳，
在我的花园！那么诱惑我的眼神！
我曾如何祈求料峭的春寒
不要用冰凉的手去触碰它们。

我珍贵的花儿，秘藏的花儿，
我多么呵护、怜爱它们的青春；
我仿佛觉得，快乐在花中隐匿，
仿佛觉得，爱情在花中呼吸。

但天国的少女降临这尘世，
她迷人有如美的天使，
这少女寻找一顶玫瑰的花冠，
于是我摘下秘藏的花儿。

我觉得花冠戴上快乐的额头，
玫瑰显得更加美丽，更加鲜艳，
栗色的波浪形鬈发弥散着芬芳，
与玫瑰交相辉映，多么可爱。

它们与少女是那么般配!
在女友中间,在宴会和舞厅,
戴花冠的少女就是女王,
环绕她的全是欢乐与爱情。

她的眼睛闪烁欢乐和生命之火;
命运似乎许诺她得到永久的幸福。
可如今她在哪里?……白色的墓石,
墓石上摆放着枯萎的玫瑰花冠。

1834

俄罗斯的雪落在巴黎

太棒了,俄罗斯的雪,太棒了!
谢谢你,你在这里飘落,
仿佛母语的一个单词,
你对一颗俄罗斯的心说出。

一颗炽热的心因此被点燃,
燃起对神圣祖国的热爱,
就此,一个迷人的幻想
在胸中愉快地翻腾起来。

我开始想念故乡的草原,
呼吸祖国冬天的气息,
发自肺腑地画十字祝福,
祈盼可以马上瞅一眼家园。

可你却逐渐在溶化,无论怎样
都不能把你与霞光一起保存。
不,这里的生活不适合你和我:
我们的生活在祖国,我的乡亲!
1839

漂流的树枝

"可怜的树枝,你啊,
要漂流到何方?
千万小心——可别
掉进愤怒海洋!

你可应付不了
汹涌的波涛,
恰似不幸的孤儿
难敌世人的奸狡。

无论如何挣扎,
你都难逃厄运,
小心啊,树枝!
将被带到远方。"

"我已经干枯,
为何还要小心?"——
树枝悲观地说:
"体内不再有生命。

我脱离了母树，
被狂风吹落；
而今随波逐流，
任凭带到何处。

我不再反抗，
有什么可寻觅？
再不能与母树
重新结成一体。"
1840

丘赫尔柏凯 (1797—1846)

丘赫尔柏凯（Вильгельм Кюхельбекер，1797—1846），出生于彼得堡一个破落贵族家庭。父亲是一个德国移民，曾与歌德同学。丘赫尔柏凯1811年进入皇村学校，与普希金、德尔维格是同窗好友。毕业后进入外交部工作。1825年，参加秘密组织"北方协会"。十二月党人起义失败后被捕，被判死刑，后改为服苦役，流放到西伯利亚。丘赫尔柏凯倡导崇高的文学理想，反对感伤主义和过于雕琢的诗风，从革命的角度对美进行了新的阐述，强调诗歌的"人民性"和真实性。

希腊之歌

时代迈步走向光荣的目标——
我目睹——它们正走来！
当局的政令已经陈腐：
沉睡至今的人民已经觉醒，
看清一切，挺身而起。
哦，欢乐！钟声敲响，敲响自由的快乐时钟！

朋友们！希腊之子正等待着我们！
谁为我们插上翅膀？让我们飞翔！
快消失吧，高山、江河、城墙——
他们等着我们——赶快飞向他们！
命运啊，请聆听我们的祈祷——
请让我参加，请让我参加第一场战斗！

请让我被第一支利箭射中，
请让我流尽满腔的热血——
谁能够摆脱了锁链与烦闷，
谁能够在激战中捐弃年轻的生命，
并且在片刻的痛苦中赢得荣誉，

谁就会得到幸福,得到永恒的幸福。

  任何东西,任何东西都不能
  把流转滚动的时间沉入河水——
  众多英雄的灵魂腾起,
  飞出他们被遗忘的墓茔,
  它们绷紧了游吟歌手的琴弦,
向暴虐的君主送去人民的愤怒的雷霆。
1821

俄罗斯诗人的命运

所有民族诗人的命运都令人嗟叹；
命运对俄罗斯的处罚最为沉重：
雷列耶夫原本为荣誉而诞生；
但这年轻人终生迷恋的是自由……
绞索因此套上了果敢无畏的脖颈。

不只是他一人；另有诗人紧随其后，
他们被美丽幻想的魅力所吸引，
却被凶险的年代勒紧了收割……
上帝给他们的心灵以火焰，给智慧以光明，
是的！他们的情感得到鼓舞和刺激：
怎么啦？他们被投进黑暗的监狱，
令人绝望的流放以严寒来折磨他们……

或者是疾病把黑夜与迷雾送来，
遮住先知们洞察秋毫的眼睛；
或者是擅长风月的高手
向他们神圣的额头送去一颗子弹；

或者，一帮无知的群氓举行暴动，
抓住诗人泄愤，把他撕成碎片，
散成雷神一支支闪亮的利箭，
给亲爱的祖国罩上一层晶亮的光环。

1845

德尔维格(1798—1831)

德尔维格（Антон Антонович Дельвиг，1798—1831），出生于莫斯科一个贵族家庭，父亲是一名将军。在皇村学校，与普希金、丘赫尔柏凯是同学，相互之间有诗歌唱和。毕业后在政府部门工作，曾担任《北方之花》和《文学报》的编辑，与十二月党人雷列耶夫、别斯土热夫等过从甚密。德尔维格在十九世纪上半叶颇有诗名，他的田园诗具有古希腊罗马的古典意味，其哀歌和仿民歌创作以音韵和谐、易于传唱著称，米·格林卡多次为之谱曲。

灵　感

灵感并不是经常来到我们身边，
它在灵魂深处燃烧只是一瞬，
但缪斯的爱慕者极为看重这瞬间，
仿佛殉难者告别大地的庄重。

朋友间的欺骗，爱情的背弃，
心灵倍加珍惜的一切中的毒素，
都可以忘掉：兴奋不已的诗人
已经将它看成了自己的使命。

哦，受人轻慢，被驱逐出人群，
在苍天之下独自流浪，
他依然与未来的世纪进行交流；

他将这荣誉置于一切荣誉之上，
他以自己的光荣来回报诽谤，
与天神们共同分享不朽。

1822

浪漫曲

美好的日子！幸福的日子！
　　哦，太阳，哦，爱情！
阴影已经远离赤裸的田野，
　　心灵重又变得澄明。
树丛与田野，赶快苏醒吧；
　　让一切都生机蓬勃；
她属于我的，她属于我的！
　　心灵对我不断倾诉。

燕子啊，你为何在窗前盘旋，
　　自由的小鸟，歌唱什么？
或许你也在啁啾地谈论春天，
　　与它一起呼唤爱情？
但不要靠近我，即便没有我，
　　爱情也在歌手的心头燃烧，
她属于我的，她属于我的！
　　心灵对我不断倾诉。

1823

俄罗斯谣曲

夜莺,我的夜莺,
歌声嘹亮的夜莺!
你飞向哪里,哪里?
在哪里整夜歌唱?
是否有一个可怜人,
她,可会像我一样,
彻夜不合上眼睛,
含泪聆听你的歌声?
飞吧,我的夜莺,
哪怕飞到地角天边,
飞越蓝色的海洋,
飞到异国和他乡;
去把世界各地探访,
去到乡村,去到城镇:
无论何处,你再也
找不到悲伤如我的人,
我啊,我年轻的胸口
挂着一颗昂贵的珍珠,
我啊,我年轻的纤手

戴着一枚滚烫的钻戒,
我啊,我年轻的心灵
藏有一位闺中密友。
凄清的秋日时光,
我的珍珠失去了光泽,
在寒冷的冬夜,
我的钻戒意外碎裂,
恰好是今年春天,
心上人不再爱我。

1825

普希金 (1799—1837)

普希金（Александр Сергеевич Пушкин，1799—1837），俄罗斯最具世界性影响的诗人。出生于莫斯科一个世袭贵族家庭。父亲是一名退伍的近卫军军官，热爱文学，尤其推崇法国文化；母亲的祖父是著名的"彼得大帝的黑孩子"汉尼拔，他原是非洲一位酋长的儿子，后被彼得大帝收为养子，在工程和数学方面很有天赋，并在作战中屡建奇功，因此，被册封为贵族。对母亲家族的这段传奇历史，普希金颇为自豪，曾多次在自己的作品中加以叙述和描绘。少年时代，普希金进入皇村学校学习。他在这里正式开始了自己的诗歌活动，并以一首《皇村回忆》赢得了整个俄罗斯诗坛的瞩目。其后，普希金的天才在各种文体里都得到了展示，除了让他名满天下的抒情诗、叙事诗以外，他在小说、戏剧、文论等领域，都有出色的表现，为其后的俄国文学做出了奠基性的贡献。1837年2月8日，他在与法国流亡贵族丹特斯的决斗中受了重伤，两天后，不治身亡。关于他逝世的消息，新闻界做了如是报道："俄罗斯诗歌的太阳陨落了"。别林斯基宣称，关于普希金的诗歌，如果要用一句话来概括的话，那么可以说，"这主要是一种诗情的、美术性的、艺术性的诗句"，而理解了这一点，也就"抓住了普希金诗歌激情的全部秘密"。他在《一八四〇年的俄国文学》中指出："正是从普希金开始，才有了俄罗斯文学"。普希金的出现，使俄罗斯文化与欧洲文化之间的交流发生了一个跳跃性的变化，"这已经不是介绍俄国认识，而是介绍欧洲认识俄国了"。或许正是上述原因，普希金赢得了"俄罗斯文学之父""俄罗斯诗歌的太阳"等美誉。

皇村回忆

　　　　睡意惺忪的天穹
　　　　悬挂着忧郁的夜幕；
山谷和灌木丛在无言的寂静中安睡，
　　　　白雾笼罩着远方的树林；
隐约听到流进林荫的淙淙溪水声，
隐约嗅到在树叶上打盹的风之呼吸，
安谧的月亮，仿佛一只高傲的天鹅，
　　　　在银色的云彩中游弋。

　　　　瀑布像碎玉的小河，
　　　　从嶙峋的山石上跌落，
在宁静的湖泊中，众多的女神们
　　　　泼溅着懒散的水波；
那里，宏伟的宫殿是如此安静，
在圆柱的支撑下，直上云霄。
难道人间诸神不能在这里度过平静的时光？
　　　　难道这不是俄国的雅典娜神庙？

　　　　这美丽的皇村花园，

难道不是北方的天堂?

强大的俄国雄鹰战胜了狮子,难道不是

在和平与安乐的怀抱中安眠?

啊,我们的黄金时代已经永远逝去,

遥想当年,仰赖伟大妻子①的权杖,

幸福的俄罗斯戴上了荣誉的冠冕,

在寂静的庇护下开放。

在这里,每走一步,

都会引发往昔的回忆;

环顾四周,一个俄国人就会发出叹息:

"伟人已去,一切皆逝!"

于是,陷入沉思,坐在绿草如茵的河岸上,

默不作声,倾听着轻风的吹拂。

逝去的岁月就会在他的眼前闪烁,

精神沐浴在平和的欣喜里。

他看见:一座纪念碑

耸立在布满苔藓的磐石上,

周围是汹涌的波涛。一只年轻的鹰

高踞碑顶,张开了翅膀。

沉重的铁链和闪电的箭头

---

① 指叶卡捷琳娜二世(1729—1796)。

在威严的圆柱上缠绕了三圈；
白色的波浪在碑座四周喧响一阵，
  便在闪亮的泡沫中安眠。

  一座朴素的纪念碑竖立
  在忧郁的松树密林中，
哦，对你卡古尔河岸而言，这是多大的耻辱，
  却为亲爱的祖国赢来了荣誉！
哦，俄罗斯的巨人们，你们永远不朽，
你们在战争的风云中锻炼成长！
哦，你们，叶卡捷琳娜的近臣和朋友，
  你们的名字将万世流芳。

  哦，战乱频仍的轰鸣时代，
  你是俄罗斯荣誉的见证！
你瞧，奥尔洛夫、鲁缅采夫和苏沃洛夫①，
  这些斯拉夫威武的子孙，
凭借着宙斯的雷霆之力赢得了胜利；
整个世界都为他们英勇的功绩而震惊；
杰尔查文和彼得罗夫②在铿锵的竖琴上，

---

① 奥尔洛夫（1737—1807），鲁缅采夫（1725—1796），苏沃洛夫（1729—1800），均为俄国历史上著名的军事家。
② 杰尔查文（1743—1816），彼得罗夫（1736—1799），俄国诗人。

曾把伟大的英雄歌颂。

难忘的时代,你已逝去!
一个新世纪很快又面临
一场场新的搏杀,一次次可怕的战争;
　　　痛苦——是一个凡人的命运。
那个凭借狡诈和冒险登基的皇帝①,
用凶恶的手又举起了血腥的宝剑;
世界的灾星升起了——恐怖的霞光
　　　很快将染红新的战乱。

　　　仿佛一股湍急的水流,
　　　　　敌人闯进了俄罗斯的土地。
在他们面前,忧郁的草原在梦中沉睡,
　　　　　大地散发着血腥的气息。
和平的村庄和城市在黑暗中熊熊燃烧,
周围的天空被映照得一片红彤彤,
茂密的树林掩蔽着逃难的人们,
　　　　　闲置在田野的犁头在生锈。

　　　敌人在前进,势不可挡,
　　　　　一切被毁损,一切化为灰烬,

---

① 指拿破仑(1769—1821)。

柏洛娜战死的子孙，这些苍白的亡灵，
　　　　组成了飘忽不定的军队。
他们络绎不绝，有的落进幽暗的坟墓，
有的在安谧的深夜里沿着树林彷徨……
但是，召唤声起！……他们奔向雾茫茫的远方！
　　　　铠甲和刀剑在碰撞作响！……

　　哦，胆战心惊吧，异国的军队！
　　　　俄罗斯的儿郎在挺进；
无论老少都挺身而起，被复仇的火焰点燃，
　　　　纷纷扑向强悍的敌人。
战栗吧，暴君！你的末日已经来临！
你将发现，每一个士兵都非常勇猛，
他们的目标要么是取胜，要么是战死，
　　　　为了祭坛的神圣，为了罗斯。

　　雄健的战马斗志昂扬，
　　　　山谷里布满了士兵，
一队又一队，渴望着复仇，渴盼着荣誉，
　　　　胸中有压抑不住的兴奋。
扑向可怕的盛宴；为刀剑寻找猎物，
于是，厮杀开始了；雷霆在山冈上炸响，
空中硝烟弥漫，流矢和刀剑在相互碰撞，
　　　　血液喷溅在盾牌上。

    一场鏖战。俄罗斯胜利了!

     傲慢的高卢人在向后溃逃;

但是,天庭的主宰仍然给这身经百战的枭雄

      赐予了最后一道光芒,

白发的统帅①没有在这里将他彻底打垮;

哦,波罗金诺血流成河的土地啊!

你没能阻挡住敌人的狂暴和傲慢!

    唉!高卢人竟登上了克里姆林宫塔楼!

    莫斯科啊,亲爱的故乡,

     早年,那风华正茂的年代,

我在这里虚掷了无忧无虑的金色时光,

     不知道灾难,不知道忧烦,

你目睹了他们,祖国的敌人!

鲜血将你染红,大火将你烤焦!

我并不曾为你复仇,为你奉献出生命;

     胸中徒有怒火在燃烧!……

    百顶的莫斯科②啊,

     你故乡的美丽在何方?

昔日的首都触目皆是壮丽与辉煌,

---

① 指1812年卫国战争的俄军总司令库图佐夫(1745—1813)。
② 莫斯科城内有数百个东正教教堂的圆顶,故有此说。

如今只剩一片废墟；
莫斯科啊，你凄凉的景象让俄国人震惊！
皇家的宫殿和贵族的府邸全数消失了，
大火焚毁了一切，塔楼的尖顶黯淡无色，
　　　富人的豪宅也已倾圮。

　　　那里原先是豪华的场所，
　　　周围环绕着树林与花园，
桃金娘散发着芬芳，椴树轻轻摇摆，
　　　如今却只有焦土与灰烬。
在美妙的夏夜里，在安谧的时光中，
欢乐的喧嚣再也不会飞临那里，
岸边的灯火与美丽的树林也不再闪烁：
　　　一切沉默，一切死寂。

　　　放心吧，俄罗斯诸城的母亲，
　　　且看那侵略者的灭亡。
造物主已经伸出那一只复仇的右手，
　　　按住了他们傲慢的颈项。
看哪：敌人在逃窜，连头都不敢回，
他们的鲜血在雪地上像河水一般流淌；
逃窜——在黑夜中，等待他们的是
　　　俄国人的刀剑、饥饿和死亡。

啊，你们，令欧洲强大的各民族
　　　感到战栗的你们，
高卢的强盗啊！你们也走进了坟墓。
　　　哦，恐惧！哦，可怕的光阴！
你这柏洛娜宠爱的幸运之子，你在哪里？
你蔑视信仰和法律，蔑视真理的声音，
曾经狂妄地梦想用刀剑颠覆所有的王位，
　　　消失了，仿佛清晨的一场噩梦！

　　　俄国人进了巴黎！复仇的火炬在哪里？
　　　高卢啊，快低下你的头颅。
但我看见了什么？俄国人面带和解的微笑，
　　　把金色的橄榄枝递出。
在遥远的地方，战争的雷声还在轰鸣，
仿佛北方阴霾中的草原，莫斯科一片凄清，
但俄国人没有把死亡带给自己的敌人，
　　　而是给大地送去了和平。

　　　哦，俄罗斯灵感洋溢的歌手①，
　　　　你曾歌颂过威武的大军，
在朋友的圈子里，请以一颗炽热的灵魂，
　　　　拨响那金色的竖琴！

---

① 指俄国诗人茹科夫斯基（1783—1852）。

再一次用和谐的声音把英雄们颂扬,
高傲的琴弦,把火焰播撒进心灵,
听到你战斗的歌手的声音,年轻的士兵
　　　就会颤抖,热血沸腾。

1814

秋天的早晨

一阵喧嚣；田野的芦笛
打破了我幽居的宁谧，
伴随恋人可爱的倩影，
最后的梦幻飘然而逝。
夜的影子已经溜出天空，
朝霞升起，闪烁着昼光——
我的周围是一片空旷……
她已离去……我彷徨在岸边，
晴朗的黄昏，她经常在此漫步；
在岸边，在如茵的绿草地上，
我却找不到一点她的芳踪，
她美丽的纤足留下的足迹。
我忧伤地徘徊在密林深处，
不停地念叨着天使的名字；
我呼唤她——只有空寂的山谷
远远地回应着这凄凉的声音。
我充满了幻想来到小溪旁；
溪水仍然在慢慢地流淌，
水面却不见那难忘的倒影。

她已离去！……我和心上人
暂别幸福，直到甜蜜的春天来临，
秋天那一只冰凉的手
摘除了白桦和椴树的树冠，
它在光秃的密林中喧响；
黄叶不分昼夜地在那里旋转，
白雾覆盖着冰凉的波涛，
偶尔划过秋风短促的呼哨。
田野，山冈，熟悉的密林！
啊，神圣的寂静守护神！
我那忧愁和欢乐的见证者！
你们已被遗忘……直到甜蜜的春天来临！

1816

真　理

亘古至今，智者们一直在寻找
真理那被遗忘的痕迹，
他们无休无止地在解释
老人们代代相传的传说。
他们坚信："赤裸的真理
就秘密地潜伏在泉井深处。"
他们友好地畅饮着井水，高喊：
"一定能在这儿找到真理！"

可是，有人——死者的恩人
（仿佛就是醉汉老西林），
成了他们愚笨的见证人，
不堪那井水和叫喊的折磨，
抛开了我们愚昧的念头，
他第一个想到了美酒，
举起了酒杯一饮而尽，
发现真理恰好在杯底。

1816

歌　手

您可曾听见树林背后子夜的歌声,
那名歌手在倾诉爱情和忧伤?
晨曦初露,田野上一片寂静,
响起纯朴而凄凉的笛声,
　　　您可曾听见?

您可曾遇见他,在空旷的黑树林中,
那名歌手在倾诉爱情和忧伤?
您可曾见到他的泪痕和微笑,
他温和的目光里充满了忧愁,
　　　您可曾见到?

您可曾叹息,聆听着低沉的歌声,
那名歌手在倾诉爱情和忧伤?
当您在树林中见到那名青年,
遭遇那黯淡无神的目光,
　　　您可曾叹息?

1816

不曾到过异邦却心存向往……

不曾到过异邦却心存向往，
而对熟悉的故土却诸多责难，
我总在说：在我的祖国，
哪里有真正的智慧，哪里有天才？
哪里有灵魂高贵的公民，
为炽热的自由而大声疾呼？
哪里有这样的女人——热情、迷人，
又生动活泼，她的美丽并不冷酷？
哪里能找到无拘无束的交谈，
快乐、自由，而又才气横溢？
我和谁无须作冰冷而空洞的应酬？
祖国啊，几乎让我感到了仇恨——
可是，昨天，我见到了高利金娜，
从此，我不再对祖国有任何怨言。

1817

自由颂

走吧,快从我的视线里消失,
西色拉岛软弱的皇后!
你在哪里,帝王们的雷霆,
自由的高傲的歌手?
来吧,摘除我头上的桂冠,
摔碎我娇弱的竖琴……
我要对世界歌唱自由,
我要抨击皇位的罪行。

请向我指出那个高卢人
他那崇高而尊贵的足迹,
在充满荣耀的灾难中,
你使他唱出勇敢的歌儿。
无常命运的宠儿们,
世间的暴君!颤抖吧!
而你们,跪拜着的奴隶,
听呀,振作起来,奋斗吧!

唉!无论我的目光投向何处,

到处是皮鞭，到处是锁链，
到处是法律致命的耻辱，
到处是奴隶无力的泪水；
到处是不公正的权力，
在偏见浓重的阴霾里，
登上皇位的是——严酷的
奴役天才和致命的荣誉激情。

倘若想在帝王们的脑袋上，
不再见到人民的苦难，
唯有让神圣的自由
与强大的法律紧密相连；
唯有坚实的厚盾维护大众，
公民们忠实的双手
紧握利剑，不徇私情地
掠过一颗颗平等的脑袋，

那高高在上的罪行，
将被正义的一击打翻在地；
那只手不被贪婪所害，
也不会为恐吓所屈服。
统治者啊！是法律而非自然
给了你们皇冠和宝座，
你们虽然高居人民之上，

但比你们更高的是法律。

啊,不幸,是民族的不幸,
倘若法律不慎打起了瞌睡,
倘若人民或者帝王们
可以随意支配法律!
我要请你来作证,
哦,光荣的错误的蒙难者,
因为祖先,你帝王的头颅
跌落在不久前的风暴里。

在沉默的后代的面前,
路易走向了死亡,
那颗卸下了皇冠的头颅
搁放在背信的断头台上。
法律在沉默,人民在沉默,
罪恶的斧子落下……
于是,在被缚的高卢人身上
覆盖了一件凶手的紫袍。

你这专横跋扈的恶棍啊!
我憎恨你和你的宝座,
我带着一丝残忍的喜悦,
观看你的毁灭和子女的死亡。

各民族人民将在你的额角

读到人民诅咒的印痕,

你是世界的灾星和自然的耻辱,

你是人间对上帝的亵渎。

一颗子夜的星辰照耀着

黑黢黢的涅瓦河,

一场宁谧的美梦笼罩着

一颗无忧无虑的头颅,

沉思的歌手正在凝视

暴君荒凉的纪念碑,

一座荒废已久的皇宫,

它们还威严地安息在雾中。

他在可怕的宫墙背后

听见克利俄①恐怖的声音,

卡里古拉②临终的一刻

活生生地浮现在眼前,

他看见,披挂着绶带和肩章,

走来一群诡秘的凶手,

充满了醉意和愤恨,

脸上是蛮横,内心却懦弱。

---

① 克利俄,古希腊神话中司历史和史诗的神。
② 卡里古拉(12—41),古罗马的一位暴君,后被近臣所杀。

不忠实的警卫默然不语,
吊桥悄悄地落下来,
一只被收买而背叛的手
在黑夜里打开了大门……
啊,耻辱!啊,我们时代的惨剧!
闯进了野兽般的近卫军!
开始了可耻的袭击……
戴皇冠的恶棍死于非命。

牢记这个教训吧,哦,帝王们:
无论是惩罚,还是奖赏,
无论是血腥的牢房,还是祭坛,
都不能成为你们坚固的屏障。
请在可靠的法律的浓荫下,
首先低垂下你们的头颅,
人民的自由和宁静,
才是宝座永远的卫兵。

1817

乡　村

你好啊，荒凉偏僻的角落，
安宁、劳作和灵感的场所，
我无形的岁月之河在此流淌，
　　流进幸福和忘情的怀抱。
我是你的：我放弃了女人的温柔乡，
豪华的盛筵，欢娱和游戏，
赢得树林宁谧的絮语和田野的安静，
赢得自由的闲散，沉思的女友。

　　我是你的：我爱这一座花园，
　　幽深，清凉，百花盛开，
我爱这一片草坪，堆满了芬芳的草垛，
清澈的小溪在灌木丛中淙淙流淌。
我的面前到处是活动的画面：
我看到两个湖泊蔚蓝的水面，
渔夫的船帆偶尔闪烁着白光，
对岸是起伏的山冈和连绵的平原，
　　远处散布着一座座农舍，
在潮湿的湖岸上，走动着成群的牛羊，

烘烤房轻烟缭绕，磨坊的风车在旋转；
　　到处是富足和劳动的景象……

就在这里，我摆脱了无聊生活的枷锁，
学习从真理中间寻找幸福，
以一颗自由的心灵来崇尚法律，
不再理会群氓们的窃窃私语，
对羞怯的诉求回报以同情，
　　不再艳羡恶棍和蠢材的命运，
唾弃他们不义的趾高气扬。

历代的圣哲啊，我在这里向你们请教！
　　在这神圣的穷乡僻壤，
　　你们欢乐的声音更加响亮；
　　它驱散了懒惰那阴郁的幻梦，
　　让我内心产生劳作的热情，
　　而在灵魂深处逐渐滋长了
　　你们那些创造的思想。

可是，一个可怕的思想却让灵魂感到不安：
　　在葱茏的田野和群山中间，
　　人类的朋友将伤心地发现，
　　到处是蒙昧那致命的耻辱。
　　不见泪水，也不听呻吟，

命运选中的野蛮老爷是人们的灾星，
他们既没有情感，也无视法律，
只会用强制的鞭子去掠夺
劳作、财产和农夫们的时间。
屈从于鞭子，扶着他人的耕犁，
沿着铁石心肠的地主的田垄，
　　羸弱的奴隶挪移着脚步。
所有人在此背负重轭直到走进坟墓，
心底不敢存有任何希望与爱好，
　　少女像鲜花似的开放，
　　只是为了满足无情恶棍的玩弄。
衰老的父辈们至亲的依靠，
年轻的子弟，劳动的同志，
只能离开自己的茅屋，
去扩充苦难奴隶的数目。
哦，但愿我的歌声能触动心弦！
为什么命运不曾赐予我能言善辩的才能，
只让无用的激情在我的心中燃烧？
哦，朋友！我能否见到：人民获得解放，
在沙皇的首肯下，农奴制被废除，
在我的祖国上空，灿烂的自由
那美丽的霞光终于冉冉升起？

1819

复　活

野蛮的画匠以稀松的笔法
把天才的一幅作品抹黑，
毫无意义地在上面描画
自己不成章法的劣作。

许多年过去，互不相容的颜色
像枯朽的鳞片一般脱落；
在我们面前，天才的创造
再度呈现往昔的美丽。

伴随着我痛苦的心灵，
我的困惑就这样消失，
在这幅作品中，仿佛幻景似的
复现了最初纯洁的时日。

1819

白昼的星辰黯淡了……

　　白昼的星辰黯淡了，
暮霭降临在蔚蓝的海面。
　　喧嚣吧，喧嚣吧，顺风的帆，
阴郁的海洋，在我脚下汹涌吧。
　　我望见了遥远的海岸，
南方大陆那神奇的边缘；
我激动而悒郁地向往那里，
　　内心沉浸于回忆……
我的周围飞翔着熟悉的幻想；
我回忆往昔疯狂的爱情，
我的心灵为之痛苦和欢乐的一切，
欲望和希冀那恼人的欺骗……
　　喧嚣吧，喧嚣吧，顺风的帆，
阴郁的海洋，在我脚下汹涌吧。
飞翔吧，把我带向远方，
越过无常的海洋那可怖的任性，
　　只是不要驶向我迷雾笼罩的
　　悲哀的故乡海岸，
　　正是在那里，我第一次

  点燃了情欲的火花；
正是在那里，温柔的缪斯悄悄对我微笑，
  而我消逝的青春
  过早地在风暴中凋谢，
正是在那里，飘忽的快乐背叛了我，
把冷漠的心灵交给了痛苦。
  为了寻求新的印象，
  我逃离了你们，我的故乡，
  我逃离了你们，享乐的宠儿，
短暂的青春那些短暂的朋友，
还有你们，放浪迷途上的亲密女伴，
虽无爱情，我却向你们奉献了自己，
奉献了安宁、荣誉、自由和灵魂，
我已忘却了你们……但心灵的创伤，
爱情深刻的伤口，却无法医治……
  喧嚣吧，喧嚣吧，顺风的帆，
阴郁的海洋，在我的脚下汹涌吧……

1820

谁见过那地方……

谁见过那地方?自然的丰饶
让橡树林和草地生机蓬勃,
海水闪烁,不住地喧嚣,
爱抚着平静的海岸。
忧郁的雪花从来不敢光顾
月桂树掩映下的山冈。
请问:谁见过那迷人的地方,
我这无名的流放者曾在那里爱过?

金色的疆域,艾尔维娜的家乡,
我的愿望正在向你飞去!
我记得海边陡峭的悬崖,
我记得大海快乐的波涛,
记得影子和喧嚣,美丽的谷地,
还有纯朴、安静的鞑靼人家,
辛勤地劳作,敬爱互助,
生活在热情好客的屋檐下。

万物繁茂,景象怡人,

鞑靼人的花园、城市和村庄；
海波倒映着巨大的巉岩，
一片片船帆消失在大海的远方。
葡萄藤蔓悬挂着一串串琥珀，
牛羊在草地上嘈杂地游荡……
航海者眺望密特里达德的坟墓，
那里闪烁着夕阳的光芒。

坍塌的坟墓上空喧闹着桃金娘，
我能否透过幽暗的树林再度观赏
峭立的巉岩，碧海的粼粼波光，
以及仿佛欢乐那般明朗的天空？
莫非这生活的风暴不能平息？
莫非往昔的美丽再也不能重现？
莫非我再也不能走进甜蜜的影子，
让心灵在安详的慵懒中进入梦幻？

1821

囚　徒

我坐在潮湿牢房的铁栅后。
在囚禁中成长的一只雏鹰,
我忧伤的同志啊,拍打着翅膀,
在铁窗下啄食血染的食品。

它啄食着,扔弃着,望着窗外,
仿佛与我感到同样的烦恼,
它用目光和鸣叫在呼唤我,
它想说:"时间已到,时间已到!

我们是自由的鸟儿,让我们飞走吧!
飞向乌云背后闪着白光的山冈,
飞向远方碧波荡漾的大海,
飞向只有风儿……和我散步的地方!"
1822

生命的大车

有时,尽管它承载着重负,
大车却依然轻快地走着;
鲁莽的车夫,白发的时间,
驾驭大车,从不离开车座。

我们自清晨便坐上大车,
我们鄙视懒惰和安逸,
喜欢令人晕眩的快马加鞭,
大声地叫嚷:快些!……

但正午不再有那份豪情;
我们受够了颠簸,越来越怕
走过那些陡坡和沟坎;
大声地叫嚷:慢点儿,傻瓜!

大车像先前那样滚动,
直到黄昏我们已经习惯,
睡眼惺忪地来到夜宿的地方,
而时间仍然策马往前赶。

1823

致大海

别了,自由的元素!
最后一次,在我的面前
你翻腾起蔚蓝的浪波,
把你高傲的美闪现。

仿佛朋友悲戚的哀怨,
仿佛离别时刻的呼喊,
最后一次,我听到了
你悒郁而喧闹的召唤。

我灵魂向往的疆域啊!
多么频繁,在你的海岸上,
我迷茫地悄悄徘徊,
为隐秘的企图而惆怅。

我多么爱听你的回响,
喑哑的声音,深沉的嗓音,
黄昏时分的那种宁静,
和我行我素的激情!

渔夫们温驯的船帆，
接受你乖戾意志的佑护，
勇敢地滑过细碎的波浪；
可一旦你发作，恣意妄行，
成群的渔船就得覆没。

我始终未能成功地逃离
你枯燥而死寂的海岸，
未能用喜悦向你致意，
也未能以诗歌的逃亡
驶向你的波峰浪谷。

你期待，你呼唤……我却被囚禁，
我心灵的挣扎也是徒然，
我被一种强劲的力量所迷惑，
我只能停留在你的岸边。

有什么可惋惜？如今，哪里
有我向往的无忧之路？
在你的荒漠中，只有一物
让我的灵魂感到震撼。

一座悬崖，荣誉的坟墓……

那里,各种辉煌的记忆
已经陷入凄清的幻梦,
拿破仑在那里陨落。

他在那里痛苦地死去;
追随着他,另一个天才
像喧嚣的风暴远离了我们,
我们思想的另一位主宰。

消逝了,自由为之哭泣,
他给世界留下自己的桂冠。
喧嚣吧,掀起惊涛骇浪,
哦,大海,他是你的歌手。

他的身上赋有你的形象,
他由你的精神塑造而成:
他像你一样强劲、深沉和阴郁,
他像你一样桀骜不驯。

世界成空……海洋啊,如今,
你又要把我带向何方?
尘世的命运到处都一样,
即使蝇头小利都有人看守,
不是启蒙,就是专制。

别了,大海!我永远
不会忘记你壮丽的景象,
每一个黄昏,我都会
久久地聆听你的轰响。

我的身心充满了你的形象,
我要将你的悬崖,你的海湾,
你的光影和波涛的絮语,
带向森林,带向沉默的荒原。

1824

焚毁的书信

别了，爱情的书信，别了！她吩咐过……
我迟疑了多久啊，我的手多么不愿意
把我全部的欢乐付之一炬！……
可算了吧，时辰已到：焚烧吧，爱情的书信。
我做好了准备；我的心灵不再犹豫。
贪婪的火焰正在接纳你的信纸……
转瞬之间！……火光熊熊！腾起……一股轻烟，
袅袅升起，和我的祈求一起消逝。
海誓山盟的戒指的烙印，封口的火漆
都在沸腾中溶化……哦，这是天意！
缘分已尽！焦黑的纸片已经卷曲；
在轻薄的纸灰上，它们珍贵的笔迹
泛起白色……我的胸口窒闷。亲爱的纸灰，
我忧伤的命运那一点微薄的慰藉，
请你永远留在悲哀的胸口上，伴我长相随……

1825

致凯恩①

我记得那美妙的一瞬:

我的面前出现了你,

仿佛倏忽即逝的幻境,

仿佛那纯美的精灵。

在浮世的喧嚣中焦虑不安,

无望的忧愁折磨着我的身心,

但温柔的嗓音不绝于耳,

可爱的面容让我魂牵梦萦。

岁月流逝。骤起的风暴

驱散了往昔的幻想,

我忘却你温柔的嗓音,

也忘却了你天使的面庞。

在穷乡僻壤,在囚禁的幽暗中,

我的岁月在平静地延伸,

---

① 凯恩(1800—1879),普希金的女友。

没有神明,没有灵感,
没有眼泪、生命和爱情。

我的灵魂被突然惊醒:
再一次出现了你,
仿佛倏忽即逝的幻境,
仿佛那纯美的精灵。

心儿在陶醉中跳荡,
一切又为它再度苏醒,
呵,神明!呵,灵感!
呵,生命、眼泪和爱情!

1825

冬天的黄昏

风暴卷起尘雾遮蔽了天空,
雪花纷纷扬扬地旋转;
时而像野兽在吼叫,
时而像婴儿在啼哭,
时而掠过破旧的屋顶,
把茅草吹得簌簌作响,
时而又像一名迟归的旅人,
轻轻叩击我们的小窗。

我们这破旧的茅屋,
显得幽暗而凄清。
你怎么了,我的老妈妈,
默然倚靠着窗口?
我的朋友,你可是
厌倦了暴风雪的呼号,
还是纺车的吱呀声
让你昏然欲睡?

喝一杯吧,善良的女友,

我可怜的青春的伙伴，
借酒浇愁；酒杯在哪里？
心儿能感到轻松一点。
唱支歌吧，告诉我，
云雀生活在海的彼岸；
唱支歌吧，告诉我，
清晨，少女怎样去汲水。

风暴卷起尘雾遮蔽了天空，
雪花纷纷扬扬地旋转；
时而像野兽在吼叫，
时而像婴儿在啼哭。
喝一杯吧，善良的女友，
我可怜的青春时代的伙伴，
借酒浇愁；酒杯在哪里？
心儿能感到轻松一点。

1825

夜幕笼罩着格鲁吉亚的山冈……

夜幕笼罩着格鲁吉亚的山冈,
　　阿拉格维河在我面前喧响。
我忧郁而轻松;我的忧伤多么明亮,
　　我的忧伤充满你的倩影,
只有你的倩影,只有……无论什么
　　都不能让我的悒郁受到惊扰,
心灵又开始燃烧,再度钟情——因为,
　　这颗心不可能不去钟情。

1829

冬天的早晨

严寒和太阳：美妙的一天！
迷人的朋友，你还在沉睡——
是时候了，美人儿，醒一醒：
张开你被安恬关闭的眼睛，
作为一颗来自北方的星星，
迎向那北国的曙光女神！

你是否记得，昨夜有暴风雪，
在昏暗的天空上，布满了乌云；
月亮，仿佛一个苍白的斑点，
透过乌云，显露淡淡的黄光，
而你忧伤地坐在那里——
如今呢……请望一下窗外：

在蔚蓝的天空下，仿佛
一张张华丽的地毯，
白雪静卧在耀眼的阳光中，
唯有透明的树林在发黑，
冰霜包裹的枞树泛出嫩绿，

冰层下的小溪晶莹闪亮。

整个房间笼罩着一层
琥珀的光辉。炉火正旺,
发出愉快的噼噼啪啪声。
在热炕上遐思真是美妙。
但你可知道:是否该让人
尽早把栗色的马驹套上?

滑过清晨的皑皑积雪,
亲爱的朋友,放开缰绳,
让迫不及待的马儿飞奔,
去访问那空旷的原野,
不久前仍葱茏的森林,
以及令我亲近的河岸。

1829

我的名字在你有什么意义……

我的名字在你有什么意义？
它将死去,仿佛那拍击着
遥远海岸的忧伤的波涛,
仿佛幽林里深夜的喧响。

在作为纪念的页面上,
它留下了死亡的痕迹,
正如墓碑上题词的花纹,
记载着无人能懂的言辞。

有什么意义？在新的纷扰
和忙碌中,它早已被忘记,
它也不会给你的灵魂
送去纯洁和温馨的记忆。

但在忧伤的日子,在寂静中,
你悒郁地念叨我的名字;
你就会说:有人还记得我,
这世上有一颗我生存其中的心。

1830

秋（断章）

> 有什么不曾进入我沉睡的理智？
>
> ——杰尔查文①

1

十月已经来临——小树林已经
从光秃的枝丫上摇落最后的落叶；
秋天的寒意轻拂着，道路已经结冰，
小溪还在磨坊后面淙淙地流淌，
但池塘已经冻结；我的邻居赶紧
拿着自己的猎具，去向远方的原野，
疯狂的娱乐使秋播的耕地备受蹂躏，
猎犬的吠叫惊醒了沉睡的密林。

2

这正是我的季节：我并不喜欢春天；

---

① 杰尔查文（1743—1816），俄罗斯诗人，古典主义文学的代表。

我讨厌融雪天,春天的脏臭让我生病;
血液在涌动;情感和理智被忧愁所窒息。
严酷的冬天是我最满意的季节,
我喜欢它的雪;每当月亮高悬在空中,
我和女友乘着雪橇飞驰,轻快又自在,
她身穿貂皮大衣,温暖又艳丽,
她战栗地攥紧你的手,像火一样炽烈!?

3

多么快乐啊,脚底蹬上锋利的冰刀,
在镜子般平坦的凝固河面上滑行!
那么,冬天节日里那些闪光的纷扰呢?
但要适可而止;这雪呀,要下个半年,
那情景,就连狗熊这洞穴的老住客,
也终究会厌倦。我们也不能总是
和年轻的阿尔米达一起去坐雪橇,
或者躲在双层玻璃背后,在炉边生闷气。

4

唉,美丽的夏天!我或许会喜欢你,
倘若没有暑热、灰尘、蚊子和苍蝇。
你在折磨我们,扼杀我们精神的才能,

像田野一样,我们遭遇了旱灾;
只有多多饮水,才可能使自己清凉——
没有别的念头,只惋惜冬天老妈妈,
我们才用薄饼和葡萄酒把她送走,
然后又发明冷食与冰块将她悼念。

5

人们通常会诅咒晚秋的季节,
但亲爱的读者,我倒喜欢晚秋,
它闪烁的美是那么恬静,那么温顺。
这就像家中一个无人疼爱的孩子,
却博得我的欢心。我坦白向你们说,
一年四季的轮回,我只喜欢秋季,
它的好处多多;我可不是虚荣的情人,
借助任性的幻想,我在它身上有所发现。

6

怎么来解释呢?我就喜欢它,
大概,这有点像患肺病的少女
让您心生爱恋。她注定要死去,
这可怜的人儿没有怨言,没有愤怒。
在憔悴的嘴唇上还流露一丝微笑;

她并不在意坟墓的深渊张开了大嘴；
鲜艳的红晕还在她两颊上嬉戏。
今天，她还活着，明天便撒手西归。

7

悒郁的季节啊！真是令人眼花缭乱，
你那诀别之美让我感到十分惬意——
我爱你大自然色彩缤纷的凋谢，
树林披上了深红和金色的外衣，
树荫下掠过风的喧嚣和清新的气息，
而天空被一层波浪般的云雾所遮蔽，
罕见的太阳光，还有最初的寒意，
来自白发冬天那遥远的威胁。

8

每个秋天来临，我都会重新开放，
俄罗斯的寒冷有益于我的健康，
我又体验到对生活习以为常的眷恋：
一串串睡梦降临，一串串饥饿降临，
血液在心里跳荡得轻松而愉快，
欲望在翻腾——我再度幸福、年轻，
我再度充满活力——我的身体就是如此

（请原谅我这缺乏诗意的散文化句子）。

9

我吩咐牵来马儿；它摆动鬃毛，
载着骑手奔向一片辽阔的草原，
在闪亮的马蹄下，冻结的山谷
响起清脆的声音，薄冰在碎裂。
但短暂的白昼将消逝，被遗忘的
壁炉又在燃烧——时而是熊熊大火，
时而是微火——我借助炉火在阅读，
或者是咀嚼我灵魂深处久远的思想。

10

我忘却了世界——在甜蜜的静谧中，
我甜蜜地沉醉于自己的想象力，
我的心灵深处，诗歌正在苏醒：
抒情的波涛冲击着我的灵魂，
灵魂仿佛在梦中，战栗和呼唤，
它渴盼最终能够自由地呈现——
这时，朝着我走来一群无形的客人，
那是我旧时的相识，我幻想的果实。

11

于是，思绪便在脑海里肆无忌惮地鼓荡，
轻盈的韵律迎着它们在奔跑，
手指祈求着鹅毛笔，鹅毛笔祈求着稿纸，
眨眼之间——诗歌便自由地流淌出来。
仿佛一艘静止的大船，在死水上打着瞌睡，
可是，听哪——水手们突然开始忙碌，
爬高爬低——船帆高张，鼓满了顺风；
这庞然大物劈波斩浪，开始启程。

12

它航行着。可我们究竟漂向哪里呢？……
1833

我又一次造访了……

……我又一次造访了
这大地的一隅，我曾在这里
度过两年黯淡的流放生涯。
已经十年了，从那时至今，
我的生活有了不少变化，
我本人依循普遍的规律，
也有所改变——但在这里，
往事又活生生地把我环绕，
似乎，昨天黄昏我仍然漫步
在这片树林里。
　　　　　这就是谪居的小屋，
我可怜的奶妈陪伴我在此生活。
老人儿已经不在——我再也
听不到隔壁她沉重的脚步声，
再也没有她那频繁的细心巡视。

看这葱茏的山冈，我常常
静静地坐在上面——眺望
湖泊，悒郁地怀念

另一些湖岸，另一些波浪……
在金色的田野和绿色的牧场之间，
蔚蓝的湖水宽广地伸展；
一名渔夫划破人所不知的水面，
身后拖着一张陈旧的渔网，
但在湖泊倾斜的岸畔，散布着
一些村庄——在村庄的背后，
是一个歪斜的磨坊，在风中
费劲地转动着翅膀……
    在祖辈划定的
边界线上，有一条道路
被雨水冲垮，向山上延伸，
三棵松树矗立，一棵远些，
另外两棵亲密地依偎着，
在这里，我曾经骑着马儿，
乘着月光从树边走过，
树梢上那熟悉的簌簌声
向我致意。我再一次沿着
那条道路走过，我再一次
看见它们。它们还是旧日模样，
仍然是那熟悉的簌簌声——
但在三棵树的老根附近
（那里曾经是光秃秃一片），
如今滋生出幼小的灌木丛，

绿色的小家庭；在树荫下，
灌木如同它们的孩子。而在远处，
它们悒郁的老伙伴孤立在那里，
像一名老鳏夫，而在它的四周，
依然如从前一般荒凉。
　　　　你们好啊，
我感到陌生的年轻一代！我无法
看到日后你们茁壮的成长，
等不及你们超越我的老相识，
看你们遮盖起它们的头颅，
挡住过路人的视线。但让我的孙子
来聆听你们友好的喧响，
他与朋友惬意地交谈后回家，
内心充满了欢乐和美妙的思想，
在黑夜里，从你们身边走过，
就会回忆起我。

1835

巴拉廷斯基（1800—1844）

巴拉廷斯基（Евгений Абрамович Баратынский，1800—1844），十九世纪出色的抒情哲理诗人。出生于坦波夫省一个贵族家庭。少年时进入彼得堡贵族子弟学校学习，但因犯有过失而被开除，作为列兵而被编入禁卫军团。此事对他一生影响甚大，其创作上沉郁、伤感的诗风在一定程度上与之有关。退役后，他长期游历于西欧，与法国浪漫主义诗人和作家圣马丁、乔治·桑等多有接触。1844年，病逝于意大利的那不勒斯。他擅长描写自然风景，将饱满的激情纳入"冷静的理智"中，形成了独特的戏剧性冲突，其诗句音韵和谐、美妙，用词简练、准确。

怨　语

临近了，相会的日子临近，
我的朋友，我就要见到你！
请告诉我：这等待的欣悦
为何不曾激起心的战栗？
我并不抱怨；但是，或许，
伤心的日子才过去不久：
我怀着忧伤端详着快乐，
它的光彩并非为我闪耀，
在我病态的灵魂中，
我徒然地刺激着希望。
命运那多情的笑容
没让我感到满足的快意，
我总是寻思：失误令我幸福，
快乐似乎对我并不适宜。

1820

不知道

(因一位姑娘对"您叫什么"的问题,总是回答"不知道"而作)

"不知道"?可爱的"不知道"!
你的美多么迷人:
我宁愿用我一切的"知道"
来换取你的"不知道"。
1820

分　手

我们分手了；迷人的瞬间，
我一生中短暂的一瞬；
我再也听不到爱情的话语，
我再也呼吸不到爱情的气息！
我曾拥有一切，顷刻就丧失殆尽；
美梦刚刚开始……随即消逝！
如今，我的幸福留下来的
唯有令人惶惑的忧悒。

1820

失 望

请不要再毫无意义地
用你的柔情诱惑我:
一个灰心丧气的人
不会再相信往昔的魅惑!
我不再相信诸般誓言,
也不再信任什么爱情,
不可能轻易去迷恋
变化无常的幻梦!
别再增添我盲目的愁绪,
也别重提旧日的话语,
凡事操心的朋友,
别再打扰梦中的病人!
我熟睡,做着香甜的梦,
请忘掉曾经的幻想:
你惊醒的并不是爱情,
我的心中唯有不安。

1821

小　花

太阳在东方升起的时候，
柳德米拉摘了一朵小花，
她信步向前走，念叨着：
"这朵小花啊，我送给谁呀？

着什么急呀？难道我已经
玩够，不再爱抚这朵小花？
不啊！还没有一个人值得
我赠送他这朵芬芳的小花。"

每一个遇见她的人都赞叹：
"真是一朵非常漂亮的小花，
亲爱的朋友，衷心的朋友，
请你一定赠送我这朵小花。"

她快乐地回答："我自己知道，
我拥有一朵十分漂亮的小花，
但我还知道一点，你还不配，
另有他人才配得到这朵小花。"

白昼闪烁一片灿烂的美光,
只为陪衬姑娘手中的小花,
正午已过,黄昏也随即降临,
姑娘手中还握着那一朵小花!

时光流逝。终于到了快乐时辰,
他也偶然看见了迷人的小花,
"我亲爱的人儿!"她柔情说道,
"请你接受这一朵美丽的小花!"

怎么对待姑娘呢?他傲慢地说道:
"我为什么要接受你这朵小花?
你把它赠送给我——毫不为奇:
你手上拿的是一朵枯萎的小花。"
1821

致妹妹

你也已经告别了安静的家庭小圈子!
无论是草原,还是森林都不能将你阻留;
你只是向我飞来,听从我忧伤的召唤——
哦,亲爱的妹妹,哦,我最忠诚的朋友!
我一定能认出你,带给我安慰的天使,
从摇篮时代就持续至今的灵魂挚友;
那时,你就是值得高度重视的鉴赏家,
我并非无缘无故地信任你的温柔!
　　　　　赶快到来吧——将快乐招来,
　　　　　来到被快乐遗忘的我的住所;
请给我那被戕害的灵魂一份怡然的乐趣,
请用你爱情轻微的气息点燃我的心灵!
仿佛一粒纯洁的露珠凭借自己的清凉
生活在光秃秃的草原——你也是这样,
　　　　　以救命的愉悦让我的感情获得新生。

1822

吻

你所赐予的这一个吻,
总在我的脑海萦绕不去:
在白昼的喧嚣,在夜的静谧,
我都感觉到它深刻的烙印!
只要一阖眼,美梦就来临,
梦见你,梦见你的温存;
幻觉消失,幸福不在!
陪伴我的只是孤独的爱和疲惫。

1822

表　白

你不要向我祈求虚假的温柔：
我不会掩饰心灵忧伤的寒意。
你说的对：我初恋时美妙的情焰
　　　　而今已经全然熄灭。
我徒然在记忆中竭力搜寻
你可爱的形象，还有往日的梦想——
　　我的回忆了无生气。
　　我曾立下誓言，却力所不逮。
　　我也不是为别的美人迷惑，
你千万不要因此而心生妒意；
但分别的岁月实在太过漫长，
在生命的风暴中我精神有所慰藉。
　　你的身影已经飘忽模糊；
我很少将你呼唤，也不再主动，
　　我的热情变得逐渐冷淡，
　　在我灵魂深处自行熄灭。
相信吧，我还孑然一身。灵魂尚存爱心，
　　　　但我不愿重新恋爱；
我不会再次遗忘：唯有初恋的情感

    令我们彻底迷醉。
我忧伤不已,但只要命运将我彻底战胜,
随后,这忧伤也就一去不返,
谁知道呢?我也会附和大众的意见。
我会选择一名没有爱情的女友——谁知道呢!
在精心策划的婚礼上,我向她伸手示意,
    与她肩并肩走进教堂,
那纯洁、忠贞的人儿或许还沉浸于甜蜜幻想。
    我会对她以"我的"相称,
你也会获知这消息;但你可别陡生嫉妒:
我俩之间的秘密,我不会去泄露,
我们内心的衷肠不会有人知晓——
    我与她虽有婚姻却未结同心,
这样的结合只是命运的安排。
别了,我们还要走漫长的道路——
我寻找了一条新路,请你也选择一条新路,
没有结果的忧伤要用理智来控制,
我祈望你不要与我一起面对无谓的审判!
    在年轻懵懂的时光,
    我们缺乏自制的能力,
    匆忙立下海誓山盟,
或许,这让全知的命运觉得非常滑稽。

1823

不,那些流言欺骗了您……

不,那些流言欺骗了您:
我依然以你为呼吸,
随着岁月的流逝,
您并未失去对我的权利。
我向别人焚香膜拜,
但心灵的圣位仍供奉着您;
我向新的神像祈祷,
但怀揣的却是旧信徒的惊恐。
1828?

缪　斯

我不再为我的缪斯所迷惑：
年轻人也不再将她叫做美人，
瞧见了她，他们也不再
追逐在她身后，前呼后拥。
不再用精致的衣服、眼睛的
游戏，机智的交谈来诱惑，
不再膜拜，也没有了天赋；
但她脸上的表情异常独特，
不时会有一道光亮闪过，
她的语言平静而直白；
倘若给她粗制滥造的赞美，
还不如尖酸刻薄的诋毁。

1829

有时,一座奇异的城市……

有时,一座奇异的城市
自飞驰的云团里集聚而成,
但只要一阵风轻轻触及,
顷刻间,它就消失无影。

诗歌想象的过程也是如此,
它是由一个个瞬间构成,
那些不相干的俗务琐事
稍加干扰,也就从此匿隐。
1829

最后的诗人

世界沿着钢铁之路向前迈进,
利欲熏心,与日俱增,
大众的梦想越来越明显地关注
急功近利的事物,愈益无耻。
在教育的照耀下,诗歌
幼稚的幻梦已经消逝,
人们不再为诗歌而伤神,
只是为企业的事务操心。

为了欢欣雀跃的自由,
埃拉多斯①重新复活,
把人们召集到一起,
让都城振作起来;
科学再度繁荣昌盛,
摆满琳琅满目的商品,
再也听不到来自天堂的
缪斯美妙的竖琴声!

---

① 埃拉多斯,即希腊的古称。

衰朽世界的冬天一片肃杀,
一片肃杀!人的神情严峻又苍白,
但在荷马的祖国,山峦、森林
与碧水萦回的河岸绿意盎然。
帕纳斯山鲜花盛开!山的前方,
卡斯塔里喷泉激流喷涌;
出现一位诗人,大自然最后力量的
意外之子:他一边走一边唱。

　　他一路欢歌,心地淳朴,
　　为爱情与美而歌唱,
　　也在数说它们并不听从的
　　科学之空洞与奔忙。
　　轻率的思想可以替换
　　转瞬即逝的痛苦。
　　凡人啊,在蒙昧的日子里,
　　大地更能体会到欢乐。

他为寡情的乌拉尼亚的膜拜者
而歌唱,呜呼!他充满了激情;
如同狂暴的埃奥尔①扫过牧场,
它们有益于人们心灵的成长;

---

① 埃奥尔,古希腊神话中的风神,伊奥利亚人的始祖。

被清新的呼吸所滋养，
幻想从激情中升腾而起，
仿佛偶然，阿佛洛狄忒显身，
从海洋飞沫的涡旋中浮起。

    为什么我们不能把自己
    交付给笑吟吟的幻梦？
    我们饱满的心灵听命于
    胆怯的思绪，而非幻梦！
    你们要相信曾以眸子
    抚爱过你们的甜蜜信念，
    以及充满怜悯的天穹
    那令人愉快的启示！

他得到的回报是残酷的讥笑；
他把手指停在了拨动的琴弦上，
闭紧了半张的嘴唇，不再预言，
但没有低下高傲的头颅：
他思索着把自己的脚步伸向
某个僻静的处所，杳无人迹的地方，
但空闲的穴居世界不曾出现，
大地上也不再可以幽居！

    根本不服从人的

唯有强壮的海洋：

它自由，开阔，

它殷勤有礼；

自从那一天，阿波罗

第一次在天空

升起一颗永恒的星，

那面貌就不曾有变化。

海洋在列甫卡德①礁岩前汹涌澎湃。

歌手站在礁岩上，思绪万千，

不安……眸子里突然闪现快乐的光芒：

这礁岩……萨福的影子……波浪的旋律……

法奥恩②的情人在这里埋葬了

被遗弃的爱情不幸的火焰，

阿波罗的后人们在这里

埋葬了幻想，那无用的禀赋！

还是像从前一样闪烁

冷漠的华美之光，

给自己无生命的骨架

镀上银粉，镀上金光；

但是，大海的巨浪

---

① 希腊伊奥尼亚海域的一处岛屿。
② 传说中萨福的情人。

给人带来一丝惊惶,
他怀着一颗忧伤的灵魂
离开了喧嚣的海洋!

1835

永远是思想……

永远是思想,思想!可怜的词语艺术家!
哦,思想的祭司!你没有恍惚出神的时刻;
还是那样,还是,还是人,还是光,
生命与死亡,赤裸裸的真理,
刀具,风琴,画笔!被感性事物吸引的人
是幸福的,但千万不要越过这个界限!
在尘世的节庆中,他感到了醉意!
但在你的面前,犹如面对出鞘的利剑,
思想,你是锐光!尘世的生活黯然失色。

1840

哦，你这奔放而多疑的孩子……

哦，你这奔放而多疑的孩子，
当诗人深情地凝视你的时候，
你做出决定与他分担一生坎坷，
你爱上了他内心隐秘的悲愁。

你那般温柔，那般勇敢，携手
与我一起走进野蛮的地狱：
用神奇的爱情在那里建造了天堂。

哦，神圣而温柔的人儿，多少次
我将叛逆不安的头颅依偎着你，
与你一起重新相信天空，相信自己。

1844

亚·奥陀耶夫斯基（1802—1839）

亚·奥陀耶夫斯基（Одоевский Александр Иванович，1802—1839），著名的十二月党人。出生于彼得堡的一个王公世家，接受过良好的教育。曾在禁卫骑兵团服役，积极参与十二月党人的活动。起义失败后，被判流放西伯利亚。他早年的诗作都已散佚。在服苦役期间，他创作了不少洋溢着革命激情的诗歌，其中给普希金的答诗和《遥远的旅途》成为传诵一时的名篇。刑满后，他被派到高加索当兵，在那里与莱蒙托夫结为好友。1839年，因疟疾不幸死于当地的一个小村庄。

诗人的梦

声音在竖琴的沉默中隐藏,
仿佛火星在乌云中匿身,
我将用炉火般的语言
锻造一支史无前例的歌曲。
监狱囚禁着一位人民的歌手,
但他绝不歌唱俗世的浮华,
他胸怀一颗自由的灵魂
希望采摘天堂不朽的鲜花,
他不为廉价的赞美迷惑,
也不追求早年的桂冠,
请向神圣的梦想投去敬意,
那是勇士在决战前的梦想。

1826

酬答普希金的《致西伯利亚》

预言的琴弦热情似火的声音
传到了我们的耳畔,
我们的双手向宝剑扑去,
但是——抓到的只是锁链。

不过,游吟诗人,请你放心:
我们为自己的镣铐和命运自豪,
尽管被监狱的铁栏所禁锢,
我们的灵魂依然把沙皇嘲笑。

我们痛苦的劳作绝非成空,
星星之火,必将燎原,
我们已经觉醒的人民
一定会聚集在神圣的旗帜下面。

我们一定会把锁链锻造成利剑,
我们必将重新点燃自由的火焰,
这火焰一定会猛然扑向沙皇,
各族人民将获得舒心的呼吸。

1830

遥远的旅途①

沿着笔直宽阔的大道,
小铃铛不住地摇响,
白雪落满一身的
莫不是一位小伙子?
不,那是一位姑娘,
像燕子在路上飞驰,
驭马奔跑……马蹄
溅起一团团雪尘。

貂皮大衣裹着身体,
心灵已飞向了远方,
一双充满忧思的眼睛,
流出了一颗颗泪珠:
忧伤不已……家中老母
也为她愁肠百结,
骨肉间永恒的离别

---

① 十二月党人伊瓦舍夫参与政变失败被捕,被判决流放到西伯利亚。未婚妻卡米拉不怕株连,不畏艰苦,一路追随他来到流放地。她的事迹传诵一时。此诗便是作者向这位伟大的女性表示敬意而作。

不由得肝肠寸断。

心注定受痛苦煎熬,
一颗心怎能分成两半?
它硬生生被扯裂……
遥远的旅途在她面前伸展。
但为什么这颗心坚定地
对着茫茫的草原眺望?
铁门重锁的监狱背后
等待她的是无限的悲伤。

"我甘愿与男友共坐牢房!"
美丽的姑娘心中默叨——
"在墓穴似的幽暗中他是光明……
暴风雪,尽情地刮起来吧,
请将我带往他的监狱,
让我像一只归巢的小鸟,
我要飞翔,飞到他的身旁,
躲进他怀中,不为世人知晓。"

丘特切夫（1803—1873）

丘特切夫（Фёдор Иванович Тютчев，1803—1873），俄罗斯哲理诗最重要的代表，有"抒情的哲学家"之美誉。出生于奥尔洛夫省一个世袭贵族的家庭。1818年，考入莫斯科大学语文系。大学毕业后到外交部任职，不久被委派到德国，在巴伐利亚、都灵和慕尼黑等地生活了二十多年。在那里，他与诗人海涅和哲学家谢林交往甚密，深受后者的先验论唯心主义思想和德国浪漫美学的影响。丘特切夫非常善于将抽象的哲理寓于诗意的形象，在情感的抒发中阐述对生活的思考，自然与爱情是他钟爱的两大主题，其创作中显露的早期象征主义特征尤为后来的诗人推崇，被誉为"第一流的诗歌天才""俄罗斯诗坛上不可多得的卓越现象"。

仿佛海洋环抱着整个地球……

仿佛海洋环抱着整个地球,
尘世的生命被完全笼罩着梦幻;
夜来临——自然的元素
以轰鸣的波涛拍击自己的堤岸。

就是这轰鸣:催迫我们,恳求我们……
奇幻的小船已在港湾里复活;
海潮上涨,疾速翻卷着我们
进入不可测度的幽深海波。

天穹闪烁着星辰的荣光,
在深邃中秘密地向外张望——
我们漂浮,燃烧的深渊
将我们围绕,从四面八方。

1830

松散的沙粒盖住了双膝……

松散的沙粒盖住了双膝……
我们驾车前进——暮色已经降临,
路的两侧,松树的影子
重叠成了一个巨大的影子。
幽深的针叶林茂密而黑黢黢的——
多么令人忧伤的地方!
阴郁的黑夜,如同一只百眼怪兽,
从每一簇灌木后面向外窥望!

1830

秋天的黄昏

在秋天黄昏的明媚里存在着
一种动人、神秘的魅力……
不祥的光辉,树木的缤纷,
深红的树叶慵懒地轻颤,
薄雾所遮掩的安谧的蓝天,
高悬孤苦忧悒的大地之上,
有时,刮来一阵强劲的冷风,
仿佛预告着风暴即将来临,
凋零,颓靡——世间万物
温柔地露出一丝衰萎的笑容,
这在理性的人类身上,我们
将它叫做痛苦之神性的羞怯。

1830

春　水

田野上冰雪还闪着白光，
春水已开始发出喧响——
奔跑着，撞击梦中的河岸，
它们奔跑、闪烁，大声叫嚷……

它们朝向四面八方宣布：
"春天来了，春天来了！
我们是年轻春天的快递员，
她派遣我们前来报信儿！"

春天来了，春天来了！
那些安静、温暖的五月时光，
快乐地聚集在她身后跳舞，
它们的脸颊绯红而明朗。

1830（？）

MAL'ARIA①

我爱这上帝的愤怒！我爱这充斥一切
却隐匿无形的、秘密的恶——
它藏身于鲜花，在玻璃似的透明泉水中，
在彩虹的光亮中，甚至在罗马的天空。
依然是那一片万里无云的高高的天穹，
你的胸脯还是那样轻盈而甜美地喘动，
树梢之上依然是温暖的风儿在吹拂，
依然弥漫着玫瑰的芬芳，但这一切就是死！

如何能知道，或许自然里遍布着
声响、芳馨，鲜花与人声，
还有我们临终时刻的先兆，
我们最后的痛苦的一丝安慰。
命运派给他们的致命使者，
当大地之子被唤出生命的场域，
就用细薄的织布盖住自己的形象，
借此藏匿起自己恐怖的大限！

1830

---

① 意大利语：被毒化的空气。

在这棵高挺的人类之树上……

在这棵高挺的人类之树上,
你是一片最好的叶子,
最纯洁的汁液将你滋养,
最纯净的阳光让你成熟。

你在它的身上轻轻地摇曳,
与它的灵魂发生最和谐的共鸣,
与暴风雨进行先知式的交谈,
或者与微风一起快乐地玩耍!

你比许多叶子长寿,也更为美艳,
只是在晚秋的风暴和夏日的暴雨
将你扯离血脉相连的枝丫之前,
自行脱落,犹如从桂冠凋谢的花朵!
1832

PROBLEME[①]

一块石头从山顶滚到了谷底——
它因何掉落?而今无人知晓。
它是自己从峰顶挣脱,
还是被别的意志所扔下?
一个世纪又一个世纪过去:
这个难题切近仍无人解答。

1833

---

① 法语:难题。

我依然记得那黄金时间……

我依然记得那黄金时间,
依然记得心灵亲近的地方:
暮色降临;我俩在一起;
多瑙河在树荫下喧响。

在一座小山上,泛着白光,
古堡的遗址仿佛在远眺,
你亭亭玉立,年轻的仙子,
倚靠着爬满青苔的花岗岩。

一对赤裸的纤小秀足,
踩在一堆古老的乱石上,
太阳缓缓西沉,向你告别,
也作别小山,作别古堡。

安静的微风轻轻拂过,
戏弄着你美丽的衣衫,
野生苹果树上的花朵落向
你的肩膊,一片又一片。

你无所忧虑地眺望远方……
光影迷离，天际黯淡；
白昼将燃尽；河水更嘹亮
歌唱在渐趋幽暗的两岸。

你兴高采烈，无拘无束，
愉快地送走了幸福的一天，
而飞速流逝的生命之影
甜蜜地掠过了我们的头顶。

1834—1836

瓦灰色的影子已经相互融合……

瓦灰色的影子已经相互融合，
颜色黯淡，声音也已沉寂——
生命、运动走到了终点，
化作朦胧的暗影，远方的闷雷……
在茫茫的夜空中，可以隐约
听到蝴蝶看不见的飞行……
这是难以言说的忧伤时刻！
我含纳了一切，一切有我……

安谧的幽冥，如梦的幽冥，
来吧，请注入我的灵魂深处，
你们安静、慵懒，而且芬芳，
请淹没这一切，安慰这一切。
让情感犹如陶醉的雾霭，
充填生命的酒杯，直到满溢！
让我体会到毁灭的灾难，
与睡意蒙胧的世界融为一体。

1835

柳　树……

柳树，你为何对着水流
一直低垂你的尖梢？
你伸出了战栗的枝条，
仿佛一片片贪婪的嘴唇，
是否想汲取湍急的波涛？

哪怕你的每一根枝条
在水波之上痛苦地战栗，
水流依然哗啦啦奔跑，
接受太阳的抚爱，闪烁，
无情地对你加以嘲笑……

1836

恰似一只小鸟

被曙光惊醒的世界，恰似
一只小鸟，猝然一抖……
哦，唯有我的脑袋
顶着的美梦尚未被触及！
尽管早晨的清新气息
在我散乱的头发中飘拂，
但昨日的暑热，昨日的尘埃
依然压迫着我的感觉！……

哦，多么刺痛，多么粗野，
这年轻、炽热的白昼
发出的喧嚣、运动和喧嚷
令我感到多么烦忧！……
哦，白昼的光亮一片赤红，
它们灼烧着我的眸子！……
哦，夜，你的帷幕在哪里？
你安谧的幽暗，还有露滴！……

破碎一代的遗老们，

你们挺过了自己的时代！
你们的哀怨，你们的嗔怪
是那么正直的不公正！……
伴随深入到骨髓的疲惫，
仿佛忧伤的半梦半醒的暗影，
迎着太阳和运动，
跟着新的一代艰难地前行。

1836

黛青色的花园睡得多么甜美……

黛青色的花园睡得多么甜美,
笼罩着蓝色夜晚的一片恬静,
透过花朵染白的苹果树丛,
金色的月亮照射得多么甜美!……

繁星在深邃的天空中燃烧,
犹如创世第一天,多么神秘!
远方音乐的赞叹依稀可闻,
邻近清泉的对话却更为清晰……

帷幕垂下,遮住了白昼的世界;
运动消停,劳作也进入梦境……
仿佛在森林的梢顶,城市的上空,
每晚即来的喧声却神奇地苏醒……

它来自何方,这不可思议的喧声?……
或许,幻梦所解放的已死思绪,
还有可闻但不可见的无形的世界,
此刻,在夜之混沌成群地集聚。

1836

一只鸢鸟从林中草地腾起……

一只鸢鸟从林中草地腾起,
它冲向天空,高高盘旋,
越来越高,越来越远,
在天的尽头消失不见。

大自然母亲赐予它
一对强劲、充满活力的翅膀,
而我,与大地血脉相连,
尘世的王者,为汗水和尘土所伤。

1836

午夜的风……

午夜的风,你为何要嗥叫?
为什么如此疯狂地悲诉?
你奇怪的声音意味着什么,
时而喧嚣,时而低沉地怨诉?
你用心灵可以理解的语言
倾诉着不可理解的哀伤——
有时,你从中搜索和发掘
一些肆意狂暴的声响!

哦,你不要再哼唱恐怖的歌,
那些涉及了远古起源的歌!
午夜之灵魂的世界多么贪婪地
聆听可爱的故事和传说!
它竭力挣脱死亡的胸膛,
它渴望与无限的宇宙一体交融!……
哦,你不要去惊醒沉睡的风暴,
风暴下面一片混沌蠢蠢欲动。

1836

灵魂渴望成为一颗星星……

灵魂渴望成为一颗星星,
但不是在茫茫的子夜,
繁星闪烁犹如灵活的眼睛,
俯瞰着睡意蒙眬的世界——

而是在白昼,太阳的光芒
灼人地覆盖了一切,
它们仿佛神祇,星光熠熠,
在纯净和无形的太空闪烁。

1836

冬天的末日已经来临……

冬天的末日已经来临，
它还赖着不肯离开——
春天轻轻地叩击窗门，
要把它驱赶出庭院。

万物开始忙碌运转，
把冬天弄得疲于奔命，
云雀也翱翔在天空，
发出一串嘹亮的啼鸣。

冬天还在四下奔波，
对着春天不住地唠叨。
春天闹腾得更加欢实，
只是看着它放声大笑。

凶恶的女巫气急败坏，
随手抓起一把雪团，
对准那漂亮的孩子
狠狠掷去，撒腿就跑。

春天却并不在意,
索性用雪水洗了个澡,
她的脸颊更加嫣红,
与她的敌人恰成对照。

1836

我的朋友,我爱你的眼眸……

我的朋友,我爱你的眼眸,
闪烁灵动而热烈的光辉,
你突然轻轻抬起眼眸,
仿佛掠过一道天边的闪电,
疾速地打量周围的一切……

但是,还有更具魅力的眼眸:
相互热烈接吻的时候,
你因为羞怯而低下眼眸,
而透过你垂下的睫毛,
闪烁着忧郁、微茫的愿望之火。

1836

昨夜，被幻想的魅影笼罩……

昨夜，被幻想的魅影笼罩，
月亮放射最后一道清光，
照耀着你慵懒的眼睑，
你昏沉地进入迟来的梦乡。

你的周围一片安谧的静默，
影子皱起眉头愈加幽暗，
胸口吐出均匀的气息，
在空气中流泻更加清晰可辨。

但透过空气般绵薄的窗帷，
午夜的黑暗并未长久流荡，
而你那一绺幻梦似的鬈发
飘拂，戏耍着无形的幻想。

突然，有什么东西从窗口潜入，
溪水般静谧，空气般飘忽，
仿佛被一阵微风随身携带，
轻盈如烟雾，朦胧如百合。

踩着微暗发亮的地毯疾奔,
没有形体,也没有影子,
紧紧地攀住了被子,
顺着四周的被沿费劲地攀爬。

恰似一条细蛇,弯曲着蠕行,
它终于爬到眠床的中央,
如同一条丝带,摇曳不定,
在帐幔中间松软地飘扬……

突然,那飘忽不定的光点
轻触了少女的酥胸,
一声绯红的、嘹亮的惊叫
揭开了你睫毛的丝绒。

1836

1837年1月29日

从谁的手射出这致命的子弹,
粉碎了一颗诗人的心脏?
仿佛打碎一件陶制的容器,
是谁毁掉这神圣的酒觞?
不论他是正确还是有罪,
面对大地真理的审判,
他都将被一只至高的手
永远判定"弑王者"的罪名。

可是你,被过早降临的黑暗
突然吞噬,离开了光明,
对你而言,对你的骨灰而言,
明亮的世界是诗人的影子!
与世人的闲言碎语截然相反,
你的命运伟大而神圣!……
你是诸神鲜活的一个器官,
脉管流动着鲜血……灼烫的鲜血。

你用这一腔高贵的鲜血,

克制着对荣誉的渴求——
人民痛苦的旗幡正在飘飞,
你已长眠不醒,提前入秋。
上帝会听到汩汩流淌的鲜血,
且请他来评判你的仇怨……
俄罗斯之心永不会把你忘却,
仿佛刻骨铭记自己的初恋!……

1837

春　天

无论命运之手如何压榨，
无论世人的骗局如何恼人，
无论额头犁出多少皱纹，
无论心灵布满多少伤口；
无论你忍受着怎样严酷的
折磨，经历怎样的逼迫——
只要有春天的初次遭遇，
这一切都会在风中挺住！

春天——她并不知有你们，
也不知道痛苦，不知道秽恶；
她的眼睛闪烁不朽的光辉，
额头也没有一丝皱纹。
她只服从于自己的法则，
按时飞到你们的身边，
明媚、怡然，无忧无虑，
欢快犹如天上的神仙。

她向大地随意抛洒鲜花，

鲜艳有如创世之初的春天；
在她之前是否还有别的春天——
她的内心根本不去寻思：
天空有无数云彩飘飞，
但这云彩与她毫无关系；
她压根儿不去理会
已逝春天的蛛丝马迹。

玫瑰并不为往昔悲叹，
夜莺到了晚上就唱歌，
阿芙乐尔①也不为旧事
流淌自己芬芳的泪水——
没有一片树叶被吹落，
出自不可免的死亡恐惧：
它们的生命仿佛浩瀚大海，
整个儿注入当下的生活。

个体生命的游戏与祭品！
来吧，摒弃情感的欺骗，
向前冲，果敢而专横，
投入生气蓬勃的大海！
来吧，舀取这清澈的水流，

---

① 阿芙乐尔，罗马神话中的司晨女神。

荡涤你受尽苦难的心胸,
融入充满神性的、万有的
宇宙生命,哪怕一瞬也成!
1838

人的泪滴……

人的泪滴，哦，人的泪滴，
你们流淌，流淌，无论晨昏……
匿形而来，悄没声息，
无可计数，也永无穷尽——
流淌，仿佛在喑哑的深夜，
淅沥的秋雨啊，绵绵不绝。

1849

夜的罗马

罗马眠宿在蔚蓝之夜的怀抱，
月亮冉冉升起，笼罩这座睡城，
洒满了自己沉默的荣耀；
城内杳无人烟，却依然气象恢弘，

在月光下，罗马睡得多么甜蜜！
罗马永恒的遗迹与清辉多么相似！
仿佛月光的世界与沉睡之城
融为一体，神奇，但已颓靡。
1850

涅瓦河上

一颗星星又一次潜入
涅瓦河涟漪轻泛的水流,
而爱情也又一次信赖
自己那艘秘密的小舟。

在涟漪与那颗星星之间,
小舟滑动宛如在梦境,
两个幽影被运载着,
随波逐流,向远方漂行。

莫非是懒散享乐的孩子
在这里虚度夜的寂寥?
或者是两个幸福的影子
希望告别俗世的尘嚣?

你,漫溢如海洋的微波,
美丽的轻泛的涟漪,
请在你自由宽广的水域,
收留卑微小舟的秘密!
1850

暑热尚未完全消退……

暑热尚未完全消退,
七月的夜晚幽光闪耀,
在混浊大地的上方,
天空充满雷雨的前兆,
万物都在电闪中战栗……

仿佛一对沉重的睫毛,
冲着大地微微抬起,
什么人恐怖的眼睛,
透过疾速的电闪,
时而在前方炽热燃烧……

1850—1851

夕光降临,夜色临近……

夕光降临,夜色临近,
山峰的投影越来越长,
云彩在天空消隐……
天已向晚,笼罩着夕光。

只要你,我奇妙的幽影,
只要你不会离开我——
我就不会惧怕夜的黑暗,
也不惋惜白昼的憔悴!……

请给我插上一对翅膀,
安慰我内心的不安,
对于着迷的灵魂而言,
影子也会带来美满。

你是谁?你来自何处?
你来自天堂还是地心?
或许,你是虚缈的存在,
却怀揣女性炽热的灵魂。

1851

定　数

爱情，爱情——有人相传——
灵魂与灵魂之间的联盟——
它们合而为一，相互交缠，
一种命定的融合，
哦……命中注定的决斗……

在两颗心不平等的斗争中，
如果有一颗心稍显温柔，
就会愈加忠诚，难逃厄运，
痛苦地爱着，痴情不已，
最终憔悴不堪，销殒……
1851

孪生子

有一对孪生子——对尘世生物而言,
就是神性的创造——那就是死亡与幻梦,
仿佛兄弟与姐妹之间的相像——
死亡略加阴郁,幻梦稍显温顺。

但还存在另外一对孪生的兄妹——
世间再也没有一对比它们更加美丽,
并且再也没有比它们的魅惑更加恐怖,
它们让迷醉的心灵不寒而栗……

它们血脉相连,并非出自偶然,
唯有在命定凶险的时日,
它们借助不可猜解的秘密
对我们施展神秘的魅力。

有谁不曾体验过剩的感觉,
一旦血液开始沸腾,随即冷却,
有谁不曾领略你们的诱惑——
哦,死亡和爱情!
1852

你，我大海的波浪……

Mobile commt l'onde[①]...

你，我大海的波浪，
乖僻任性的波浪，
仿佛在安息，似乎嬉戏，
你充满神奇的活力！

或者在阳光下微笑，
倒映着天的穹窿，
或者你骚动不安，
拍击狂野的深渊——

你安静的絮语甜美，
充满了爱与温情；
我也能听懂激烈的倾诉，
你预言性的呻吟。

---

① 法语：变化无常，犹如波浪。

在狂暴的自然力中,
你时而阴郁,时而澄明,
但在你蔚蓝的夜色中,
要珍惜你的战利品。

对着你的涟漪,我投入
并非定情的戒指,
我埋藏在你内心的
也不是斑斓的钻石。

不,在决定命运的时刻,
为你神秘的魅力吸引,
我把一颗活生生的灵魂
埋进你幽邃的海底。
1852

你现在还顾及不了诗歌……

你现在还顾及不了诗歌,
哦,母语,俄罗斯的词语!
庄稼成熟,刈麦人做好准备,
非人间的时辰来临……

谎言将化作一把利剑;
不是整个世界,而是整个地狱,
以一种天降的灾难
对你进行颠覆性的威吓……

所有亵渎神灵的头脑,
所有不敬上帝的人们,
都在以光明和自由的名义,
在基座上建立黑暗王国!

他们谋算着俘获你,
他们预言你可耻的失败——
你将是美好的未来
所拥有的教育、生活和语言!

哦，在这个严峻的考验中，
在这场致命的最后斗争中，
你绝不能背叛自己，
要在上帝面前证明自身……
1854

生活中有那样一些瞬间……

生活中有那样一些瞬间,
难以被言语传述,
它们是天赐的福祉,
尘世忘我的境界。
树梢在我的头顶
高高地发出喧声,
唯有天空的小鸟
与我亲密地诉说。
一切虚伪与鄙俗
都远远地消失,
一切甜蜜的不可能
变得如此亲近和轻松。
我胸内有一个世界浮现,
它甜蜜而可爱,
一阵睡意向我袭来——
哦,时间,请停留一下!

1855

在初秋的节令中……

在初秋的节令中,存在
这样一些短暂而神奇的时光——
整个白昼恍如水晶似的清朗,
甚至连黄昏也是一片辉煌……

强健的镰刀闲逛,麦穗落地,
而今已经一片空旷——四下光裸,
唯有蜘蛛伸展细长的游丝,
在闲暇的犁沟里闪烁。

空气清旷,也不再有鸟鸣,
而冬天最初的风暴仍然遥远——
唯有纯净而温暖的蔚蓝
流淌在休憩的田野……
1857

她静坐在地板上……

她静坐在地板上,
整理一大堆书信,
拣起它们,又随手扔掉,
仿佛冷却的灰炭。

她拣起熟悉的信笺,
看着它们又那么诧异,
仿佛灵魂从高空俯瞰
被自己抛弃的肉体……

哦,其中有多少生活,
那种无可复返的体验!
哦,其中有多少痛苦时光,
被扼杀的柔情与欢爱!……

我默默地站在一旁,
准备求她宽恕跪下双膝,
我体会到极度的忧伤,
仿佛那是本然的倩影。

1858

哦，这南方……

哦，这南方，哦，美妙的尼斯！……
哦，灿烂的光辉让我激动不已！
生命就像一只被射伤的小鸟，
渴望腾飞——但不再可能……
既无法展翅，也不能飞翔——
耷拉着被折断的双翼，
它全身扑在尘土之上，
由于疼痛和无力而战栗……

1864

北风止息……

北风止息……日内瓦湖上,
蔚蓝的湖水荡起了涟漪——
小船重新在穿梭行驶,
天鹅也再次在湖面游弋。

太阳整日烘烤有如盛夏,
树木绽露斑斓的色彩,
空气宛如柔情的波浪
抚爱它们衰朽的壮丽。

那里,在庄重的宁静中,
晨起就脱却了外衣,
白色的雪峰分外耀眼,
仿佛非人间的一个启示。

这里,心灵祈愿忘掉一切,
忘掉自己所有的痛苦,
如果有一天,在故乡——
可以减去一座坟墓……

1864

在上帝不曾给出默许之前……

在上帝不曾给出默许之前，
无论她如何爱，如何痛苦不堪，
唉，灵魂都不会苦尽甘来，
她只能让自己默默忍受伤害……

灵魂啊，灵魂，整个奉献
给秘藏的唯一的爱情，
它只是为爱生存，为爱痛苦，
啊，上帝！但愿能赐你祝福。

上帝是仁慈的，无所不能，
他会用自己炽燃的光辉，
不仅照耀在空中盛开的奇花异卉，
也能温暖海底纯洁的珍珠。
1865

海浪含纳一种悦耳的声响……

Est in arundineis modulation music ripis.①

海浪含纳一种悦耳的声响,
自然的纷争有一种和音,
在柔韧的芦苇丛,流淌着
一股音韵和谐的簌簌声。

万物蕴含着平静的乐律,
大自然存有完满的和谐——
只有置身我们虚幻的自由,
我们才会意识到与它的不谐。

这不谐啊,究竟来自哪里?
为什么在普遍的合唱中,
灵魂不能如大海一样高歌,
也不像沉思的芦苇那般低吟?

1865

---

① 拉丁语:岸边的芦苇丛中有一种音乐的和谐。

理智无法了解俄罗斯……

　　理智无法了解俄罗斯,
普遍的尺度难以丈量:
　　她一种特别的气质——
对于俄罗斯你只能信仰。

1866

我重又伫立在涅瓦河上……

我重又伫立在涅瓦河上，
仿佛回到了逝去的岁月，
就像你还活着，我凝视
这睡意深沉的水流。

蓝色天空没有一丝火星，
万籁俱寂，迷人的苍白，
唯有沉思的涅瓦河
依然流淌着月亮的清辉。

这一切莫非只是在做梦，
还是我目睹的实景？
在这皎洁的月光下，
我和你活着一起远眺什么？
1868

大自然就是斯芬克司……

大自然就是斯芬克司。它以此
作为严峻的考验,将人杀死,
但或许,亘古以来,经历无数世纪,
它不曾有过任何谜语藏在心底。
1869

这里,曾经有过多少沸腾的生命……

这里,曾经有过多少沸腾的生命,
这里,曾经有过血流成河的景象,
还有什么东西完整地保存到今天?
两三座土岗醒目地矗立在那里……

还有两三棵橡树在土岗上生长,
枝叶茂盛,而且显得勇敢无畏。
引人注目,喧闹——毫不关心
根部埋葬着谁的记忆,谁的骨灰。

大自然对于过往的事情全然不知,
它也不了解我们幻影似的时光,
在它面前,我们迷糊地意识到,
我们自己——只是它的一个幻象。

它对自己所有的孩子一视同仁,
不管他们建立了怎样无谓的功勋,
它都用吞噬一切、创造一切的深渊,
不分彼此,按部就班地迎接他们。

1871

失　眠

夜晚，城市的荒僻处，
在一个渗透了忧伤的时刻，
每当黑夜笼罩整座城市，
到处便是浓雾弥漫，
万籁俱寂；月亮升起，
清辉掺和着瓦灰的夜色，
只有几座远方隐没的教堂，
金顶闪烁，黯淡的兽嘴
空茫地叩击惊醒的眼睛，
我们的心儿就如同幼婴，
无助地哭泣，无助地痛苦，
绝望地呼喊生命与爱情，
心的哭泣与祈祷只是徒劳：
周围的一切那么黑暗与空寂！
可怜的呻吟还会持续片刻，
但最终衰弱下去，然后沉寂。

1873

雅库博维奇（1805—1839）

雅库博维奇（Лукьян Андреевич Якубович，1805—1839），出生于卡卢加省一个地主家庭。曾在莫斯科大学附属寄宿学校学习。曾短期服役，退伍后专事文学创作。雅库博维奇为人厚道，醉心于文学与艺术，但不谙生财之道，生活常处在入不敷出的穷困状态中。普希金非常欣赏他的才华，多次在自己主编的《现代人》上发表其作品。他的诗歌主题主要是：诗人与群众，人与宇宙。

灵　感

欢愉拥抱我的时候，
我就意识到了我自己，
幸福暖流就在灵魂中迸涌——
有了双倍的生活和见识。

我觉得尘世陌生而拥挤：
灵魂洞察了另一个世界，
那里有一连串非人间的幻象，
一个充满了动听歌声的无限世界。

难道不是吗？告别肉身世界，
进入存在之欢愉的神圣，
借助雷霆，借助火焰，
先知伊利亚成为天神。

1836

致智者

腐蚀和蛆虫的猎物，
在深夜的静寂中，贤哲，
梦神尚未阖上双眼，
你还在探究什么？

你在阅读智慧之书？
读到什么？有什么感悟？
还不是那亘古以来的真理，
未曾向我们揭示另一个世界：
人啊，活过，爱过，痛苦过，
然后，这人就不在世间！……

对于生者唯有一个铁律：
襁褓最终将由殓衣取代！
所罗门王一语将天机道破：
"一切如梦，万事成虚空！"
智者，你们还探究什么？
1830年代

舍维廖夫（1805—1864）

舍维廖夫（Степан Петрович Шевырёв，1805—1864），出生于萨拉托夫的一个贵族家庭。在家庭接受了良好的教育，少年时代即掌握了教会斯拉夫语、法语和德语，喜欢阅读苏马罗科夫和卡拉姆辛的作品。曾在外交部档案馆工作。1829年，去意大利留学。三年后回国，任教于莫斯科大学，1834年升为教授，讲授诗歌史。舍维廖夫在思想上受谢林哲学的影响很深，他主张诗歌应阐述思想，以此批评普希金的诗歌虽然优美、和谐，但缺乏深刻的思想内容。因此，他的作品时有出现理性意识大于形式的情况。

思　想

一粒种子不易觉察地落进我们的头脑，
吮吸着生活的汁液，在头脑中逐渐成熟；
而那时辰即将来临——在创造
和崇高的功勋中显现出来。
蓬松地呈现肩膀两侧枝叶舒展的美，
仿佛黎巴嫩高山上茂密的雪松；
时间的蛆虫也不能蛀蚀它，
大海的波涛也无法冲垮根基；
数百年的风雨也不能撼动
它那星星加冕的头颅，
滂沱大雨也不能擦除
岁月刻在树皮上的痕迹。
在它下面，世纪的军团踩着
无声的步伐走过——一个个帝国消亡，
在它幸福的荣光照射下，
一代又一代的部族依次更迭。
它的下面躺着无数王国衰竭的尸身，
新的王国诞生，去追求新的目标，
出现了数百万令人悲痛的坟墓，

出现了数百万快乐的摇篮。
但是,蕴藏那粒种子的头颅
早已在它下面彻底腐烂,
而在那棵雪松生长和成熟的地方,
在它的浓荫下又有一代人得以繁衍。

1828

眼　睛

你是否见过牝狮饥饿的眼睛，
当它参与搏斗
或者快乐地用爪子
扎入颤抖的小鹿？
你是否目睹鬣狗残忍的嘴巴
当它凶恶地啃咬门闩？
它那充血的眼神
被持久的怒火烧得通红！
或者你偶然在漆黑的深夜，
策马飞快地奔驰，
突然遇见一对狼的眼睛，
像两朵静止的火焰？
你是否记得，你的声音缄默，
热血突然就凝固，
头发一根根竖起，
马的前蹄也扬了起来？
那样的眼睛恐怖至极！
我还知道更可怕的眼睛：
我的灵魂永远难忘

它们留下的不祥印象！
所有的淬火，所有的毒药
都锻造不了这种眼睛的光焰，
也只是疯狂地玷污了
科学之全知的规章。
它们能让一切感觉石化。
这光焰既燃烧又冰凉；
一想到它们，心重新被点燃，
诗行胆怯地化成冰块。
请向全宇宙的天使祈祷吧，
但愿生活中别遇到这样的眼睛，
被不公平的复仇所刺激的
狡诈的女人的眼睛。

1829

三诗圣

在最美好的时光,我长出一对翅膀,
我借助幻想飞向一个和谐而美丽的世界,
那里有一张三合一的、圆润的面庞,
荷马、但丁与莎士比亚同声唱起三重唱——
除了自己改变着熟悉的诗行,
他们认为不可能有什么别的快乐——
而与此同时,人们在这里喧嚷着争论,
他们在那里怎么可能得到相互理解!

1830

喂！听呀……

喂！听呀……子夜的钟声！
在这声敲击中，旧年
离开，融入了永恒，
它的最后瞬间
融入新生的一年
那最初的瞬间：
大自然就这样
把万物锁进链环。

单独的链扣在哪里？
分界的一瞬在哪里？
种孕育果，果孕育种：
创造寓于这交替。
但还有平静无波的生命，
没有子夜的钟敲：
那里只有神圣的寂静，
永恒安宁一个句号。

1842

别涅季克托夫(1807—1873)

别涅季克托夫（Владимир Григорьевич Бенедиктов，1807—1873），出生于彼得堡。在贵族武备学校接受教育，在校期间开始写诗。毕业后进入禁卫军服役，参加过 1831 年的俄波战争。退役后进入财政部任职，曾担任银行行长，直到 1858 年退休。别涅季克托夫的诗歌注重形式，想象诡谲，用词出人意料，敢于打破韵律上的陈规束缚，得到茹科夫斯基、屠格涅夫和丘特切夫等文坛名人的赞赏。1835 年，他出版了第一本诗集，随即成为贵族沙龙中的宠儿，不少贵妇人以能背诵他的作品为荣，竞相请他为自己的纪念册题诗。不过，由于受到别林斯基的偏见性的批评影响，他的诗歌地位并没能获得应有的承认。直到二十世纪二十年代，他的探索性价值才被认识到，这与一部分形式主义理论家，如托马舍夫斯基、金兹堡等的推助有密切的关系。论及俄罗斯文学的建设，他在翻译方面的成就也不可忽视，曾译过歌德、席勒、莎士比亚、拜伦、雨果、戈蒂埃、密茨凯维支等人的作品，不少译作被当作了经典译本。此外，别涅季克托夫对高等数学和天文学也有浓厚的兴趣。

致北极星

子夜的天空繁星无数，
照耀着失眠的眼睛；
昴星团有如神奇的花冠，
金牛座炽热地燃烧。
华丽的星星以灿烂的美
疾速掠过我的眼神，
一切消失，但是，北极星
突然像钉子吸引了我。

你静静闪烁，苍天迷人的女儿，
在令人厌烦的白昼之后；
你这天女，从高空
慵懒而甜蜜地俯瞰我。
无垠的夜将北方的居民
沉入了狡诈的黑暗：
你是他子夜的太阳，
既不需要升起，也不降落。

在漫漫长夜，忧虑的农夫
把眼睛盯紧了高空，

等待，别错过约定的时刻：
他一直仰望着这颗星，
这是一辆深邃无比的天车，
在北极闪烁点点火星；
在天象书中，七颗星
标示出了时间的序列。

航海者在大海里行驶——
航标灯在哪里闪烁？
贪婪的大海深不见底，
海岸——也早已沉没。
你发光的地方就是海岸，
人眼所见的山峰上的灯塔！
你扎入天空的地方就是海底，
那是天空银色的船锚！

我看见：星星在不停旋转，
你却独自恒定不动。
蔚蓝天空的面孔奇妙地变幻——
你却始终没有改变。
难道不是因此，你神秘的光
让幻想者的心感到亲近？
请你告诉我，可爱的星星，
你可是造物主永恒的钥匙？

1836

我爱你

"我爱你。"我不敢大声说出来,
"我爱你!"我的眼神说道;
但一接触到你严厉的眼神,
热烈的眼神突然垂下,愣住。
"我爱你!"我怯生生地说道,
但你的回答给我的舌头上了锁;
我的舌头缄默,眼神刻意回避,
而心依然含糊地嘟哝"我爱你"。

你清晰地听到心挚诚的跳动,
它就是以这种方式向你抵达,
但是,即便是你愠怒的命令
也不能阻止它前进的步伐……
我爱你!作为对拒绝的报复,
仿佛故意使然,不再有怜悯,
胸膛因为爱情而无法呼吸,
而我仅能用诗笔写下"我爱你"。

1836

夜莺之歌

在苏醒过来的原野上,
声音的天才——夜莺
希望全身都流淌出歌声,
在起伏有序的啼啭中死去;
起先发出热烈的大笑,
随后越来越静,变成了
一声声温柔的呻吟,
逐渐漫溢,仿佛牧笛,
它们令人陶醉地
演奏出银色的颤音。

哦,亲爱的!歌手在空中
歌唱爱情,召唤我们去享受——
热情的小伙也这样低语女友——
她奔放犹如初升的太阳,
美人儿贴紧了他的嘴唇;
他的手像一条灵活的小蛇,
缠绕年轻姑娘的娇躯,
在她的胸口游动——枕着乳房入睡……

而被厄运滋养的人隐居在林莽，
他孑然一身，没有花冠，没有姑娘，
凝神谛听：在伴随歌手的歌唱，
他寻找与自己灵魂的共鸣；
快乐的泪滴在眼眶里闪烁；
它出人意料地滚向两片嘴唇，
而墓穴般阴郁的微笑融洽地
与这滴泪水一起开始发光。

响亮地歌唱吧，原野的喉舌！
用你神奇而丰富的歌声
去愉悦幸福的人儿，
它们那么华丽、激烈和充满欲望，
却与悲伤的旋律如此协调，
你倾诉的忧伤是那么和谐，
大声地歌唱吧，自由之子！
尽管我听不懂你的歌声，
我的胸膛已经在回应
大地母亲的呼声。

1836

我的选择

我是奢华传染病的高傲之敌,
我摈弃充斥世界的虚荣心——
我爱的不是你们,燃烧的红钻石,
我爱的是你,湛蓝的蓝宝石!

在日常的生活中,我欣赏的
不是玫瑰,不是令人迷醉的百合,
我喜欢洁白而谦卑的铃兰,
它栖身在爆竹柳的树丛深处。

狂放时尚的宠儿与诱惑者!
轻佻的你们——且随西风远离!
我爱的是你,大自然谦恭的女儿,
我的朋友,我的铃兰和蓝宝石!

1836

鬈　发

迷人少女一头鬈发，
鬈发光亮而芬芳，
鬈发如戒指，如溪水，如细蛇，
鬈发——是丝质的瀑布！
缠卷吧，流泻吧，披散吧，
和谐、华美、晶亮、珍珠似的！
你们不需要钻石点缀，
你们的卷曲不可捉摸，
无须装饰，美就在闪烁，
也不需要珠宝缀成的花冠；
只要有这玫瑰——爱的花朵——
玫瑰——温柔的符号——
呈现伊甸园的魅惑——
你温柔的软波！
我记得：在令人陶醉的
舞会之夜，昏昏欲睡，
这些鬈发垂下头顶，
遮住了明亮的眸子，
成百双眼睛跟着鬈发旋转，

在闪烁的烛光下,
鬈发的影子神奇地
在酥胸与香肩之间战栗;
一只温柔的小手漫不经意
把你们甩向耳畔;
年轻人的心激情荡漾,
高高地飘飞起来。
我们贪心的眼神
追逐这些鬈发的纷飞,
口中找不到合适的词语,
但眼底燃烧着一个问题:
"这一头金色的鬈发,
谁又是它们的主人?
有哪一只贪心的手
能舀取这柔情的发波?
我们这些受折磨的朋友,
谁能有幸嗅到那芬芳,
手指能被这发丝缠绕,
谁能被唇吻所灼伤,
为柔意束缚,被爱情蹂躏,
黑夜里,谁的枕畔
有发丝忘情地遗落?"
鬈发啊,金色的鬈发,
繁茂、华丽的鬈发,

少女高贵的冠冕！
年轻人为你们神不守舍，
火热的心怦怦撞击，
向你们尽情倾诉衷肠；
但他们所能收获的
只是眼睛承受的折磨，
你们这尘世的无价珍宝，
谁也不配去领受：
遽然显身，一阵戏耍——
于是，恍如水月镜花，
鬈发之波随即翻腾而过，
流向神秘莫测的远方。

1836

峭 岩

被浩瀚的大海围在了中央,
峭岩高傲地耸立——阴郁,严峻,
它屹立不动,气势凛然,
与拍岸的海浪和世纪的冲击抗争。
巨浪只是在舐噬强劲的脚趾;
时间只是让额头多了几条皱纹;
灰色的苔藓爬上宽阔的斜坡,
花白的岩顶——是鹰隼的御座。

巨人全身被海雾遮掩,犹如披着斗篷,
他低着蓬乱的脑袋,仿佛在沉思;
把整个身子无畏地倾向大海,
令人惊恐地高悬在幽深的海水之上。
你以为他会倒下——但不会有这情景!
他躬起身子,为的是带着轻蔑的笑容
向下俯瞰疲乏不堪的波浪,
用他的勇敢来恐吓凡人的眼神。

他外表冰凉,内在却秉有天然的热忱:

在创世者创造奇迹的那一天，
他是火的神力——火焰的长子——
从大地的心脏强劲地迸涌了出来！
他飞了出来，冷却成了坚硬的花岗岩。
太阳的光亮也不再能让他复活；
他古老的胸膛已对安逸的享受关闭；
他还变得粗野和阴郁：但是他十分强壮！

但是，他焕发着狂暴无比的快乐，
仿佛飓风奔驰在放纵的道路上，
当海洋朝他推送波涛，海沫四溅，
贪得无厌地扑向巨人的胸膛。
闪电的火焰在他的头顶忽闪。
雷神对准他的心脏猛然击打——
你猜怎么着？——火蛇折损了舌头，
峭岩却安然无恙，发出哈哈大笑。

1836

两重幻象

我有过两次爱情:两位迷人的姑娘,
在我的生命中闪烁神性的光彩;
她们向我吟唱充满活力的小曲,
让灵魂体验来自天堂的幸福。
我爱的这一个,她美丽的脸颊
被滚烫的伤心之泪所灼伤;
那另一个呢,她的眸子晶亮,
绽露着甜蜜、温柔的微笑。

我此前为之激动的东西已经消逝,
但激动不安的痕迹仍在我心中;
她们美妙的形象至今还盘踞
在我铁石似的心上,在胸膛深处。
当我陷入了深沉的思考,
探究未来岁月朦胧的意义时,
幻象出乎意料地来造访我,
那令我迷醉不已的其中一位。

于是,我初恋的姑娘向我走近,
像痛苦的天使,苍白而忧伤,

湿润的眸子仰望着天空，
她的纤手如同两朵百合花，
交叉着放在惆怅不已的胸口；
犹如波浪似的披散着褐色长发。
被痛苦充塞的姑娘之显身，
向我预告着一个美好的未来。

另一位姑娘又出现在我面前，
她的脸上洋溢着奔放的快乐，
眼睛四下打量，仿佛火花闪烁，
绷紧的嘴唇轻颤犹如琴弦；
她时而安静，时而放肆地大笑，
胸脯微微颤动，不住地挣扎：
这幻象向我预示着痛苦，
生活的道路上布满了荆棘。

面对命运的抚爱和愤怒的威胁，
其中一个预言者总要飞来；
但我很少看到最初的那位姑娘——
后面这位倒是不时发出响亮的笑声；
在我的一生，我看到不多的玫瑰，
却经常在荆棘丛生的路上徘徊；
但我在稀有的快乐中落下眼泪，
却在常见的痛苦中咧嘴大笑。

1836

致黑眼睛的女郎

不,美人儿,你无须多言,
你不用对我嘟哝着诉说,
说什么你生于蛮荒之地,
成长于荒凉偏僻的角落!
不,我不会相信的,
狂暴的风将你从远方吹来:
你——是东方的一颗明珠,
你是灼热土地的一朵小花!
黑色的眼睛,黑色的头发——
全然不似俄罗斯的姑娘,
你慵懒疲惫的嗓音
从来不曾拖长了音调。
你的脸庞没有一丝云翳,
灵活的身躯曲线毕露——
一条来自亚洲的蛇。
你从不眯缝眼睛瞅人,
你的眼底有松香在沸腾,
额头下面烈焰燃烧,
仿佛掀起一场热带风暴。

你一双动人的眸子——
仿佛闪烁不定的磷光,
最为甜蜜的呼吸飘拂着
四处弥漫爱情的麝香。

1838

写吧，诗人……

写吧，诗人！为可爱的姑娘
书写心灵的交响曲！
请把痛苦的爱情不幸的火焰
转化成一支支响亮的旋律！
为了表达绝望的痛苦，
为了在词句中迸发你的火花——
请选择那前所未闻的音响，
请构造那前所未见的语言！
于是，他歌吟。在心的熔炉里
冶炼诗行，向心上人倾诉爱意。
歌手在吟唱：但她充耳不闻；
他泪水涟涟：但她视而不见。
或许，等到热情的歌声四下传播，
所有秘密被消解，另有一个美人
被打动，但不领悟其中的奥秘；
她毫无感觉地将它理解；
她不曾深入领会诗人沉重思索
整个的深度，便匆匆离去；
她的智力活泼而又肤浅，

只能接受轻狂心灵的语言——
她的内心充满了傲慢的强力,
她在自己的崇拜者面前,
向他展示激动人心的诗行,
诗中有他整个的灵魂,整个的生命,
她将微笑着说道:"多么可爱的诗句!"
这轻佻的女人就自去寻欢作乐。
而你,坚定不移的幻想家,
重新无谓地耗损没有结果的想象!
或者,再一次在美的名义下,
做一名手艺人,灵感四溢的工匠,
为傲慢的美人儿制造花冠。

1838

爱情的坟墓

青年的胸中有一座毁灭性的火山。
它炽热燃烧。在烈焰下建成爱的世界。
岁月嬗递；维苏威火山①一片宁静，
热恋中的赫尔库仑尼尔姆城②却毁于灰烬；
幻想、忧伤和嫉妒沉睡在熔岩层下；
而今，生命沸腾过的世界已成为古迹。
记忆最终像一名冷漠的井下矿工，
它在废墟中穿行，在地心深处开挖，
挪动墓穴，刨掘棺木
寻找爱情那具不朽的木乃伊：
死者的额头还残存着理想的光泽；
僵硬的面容留有迷人的魅力；
在光亮熄灭的眼眶里
还闪耀着石化的泪滴。
命运抛给它的两个花冠，
一个早已消失，另一个鲜艳如新：
玫瑰编织的花冠已经腐烂，

---

① 维苏威火山，意大利南部那不勒斯地区的一座活火山。
② 古罗马的一座城市，在公元 79 年的一次火山大爆发时被淹没。

唯有荆棘制成的花冠
却在永恒的溃疡中完好无损。
少女的温存和炽热的情歌徒然
对死者说道：起来吧！出来吧！醒来吧！
女性的魅力不能让它复活，
迷人的目光，红唇的絮语也不能，
那雷电的击打
在它身上激起的不是火光和热气，
而是一阵痉挛的战栗。
四周布满了碑铭；但是渴慕的理智
徒然地清扫和惊扰覆盖它们的尘土，
饥渴思想的铁牙
枉然地啃噬它们，
已经无法辨认它们的心脏；
火炬已经丢失，迷雾笼罩了一切，
面对沉睡的女神，凶狠的理智
被疯狂所扭曲，
在可怜的虚乏里
肆意亵渎古老的圣物。

1843

三种诱惑

在激荡的青春时代,在生活的喧嚣,
我经历过三次毁灭,我领略过
无坚不摧的三个物象:燃烧的眼睛
乌黑的鬈发,还有丰满的胸乳。
那双眼睛……曾有天空显现;但它
被两道黑色的眉毛虹彩给遮蔽了;
在眼睑的云团下,在睫毛的针叶下,
藏起了自己的蓝天和灿烂的霞光,
在骄傲、百合般洁白的额头之穹顶下,
一片秘密的、愤怒的雾霭越来越浓,
顷刻间,就任性地遮蔽了整个天空,
电闪雷鸣,落下了雨点、冰雹。

那些乌黑的鬈发……一想起就令人害怕!
那些鬈发……它们能把整个世界淹没。
如果它们从头上披垂就有如一道瀑布,
激起一场风暴;时而弯曲,时而盘卷,
仿佛凶恶的毒蛇,它们缠绕,一团乌黑,
恰似嫉妒的圈套,恰似撒旦的诡计。

那一条乌黑的辫子,那些浓密的鬈发,
如同波涛;那些发绺和乌亮的发箍,
如果散开它们,看起来就好像
可以缠绕、围裹和圈起整个地球,
整个大地仿佛变成了一个修女,
穿上了一件深色的粗布丧服。

那一对年轻的乳房……呵!一个神奇的所在,
生活着光明与黑暗,并存着地狱和天堂;
有时是一个充满混沌、怪念和狡诈的地方;
有时是一个风云激荡、令人不安的王国,
在这个王国,任何力量、任何规则
都无法承受怀疑的王冠和动摇的宝座;
有时,它是濒临湍急的波涛之陡峭的海岸,
偶尔还飘过活动火山危险的气息;
可是,热带地区的激情,金色的气候,
可是,隐秘国家的那些美丽的山岗,
却承诺给幼稚的爱情以快乐和安逸,
诱惑着青年走向那秘密的海岸。

1846

沉　思

当我挂着一丝老人的微笑
阅读我在黄金时代写下的著作，
当我尚且年轻——一只严厉的手
准备更改和删除另一些事物——
我制止了自己，突然问道：
我是否有权利来修改这些线条？
有时，我觉得，这私有之物
并不属于我，"卖弄聪明"罢了，
我不应该用偶然飞来的诗行
果断地一挥，灭绝年轻的罪愆，
不应该用专断的方式来掌控
炽热的火焰和充满情欲的韵脚。
有时，你带着疑心察看四周，
搜寻着作者——够了，这是我吗？
不！这是他写的。让那个来自
过去时光、朦胧远方的他来回答！
我那只大胆的手触及的是陌生人？
不！我甚至不寒而栗地寻思：
在这一行被遗忘的古老句子下方，
我为什么要署上自己的名字？

1850 年代

卡·巴甫洛娃（1807—1893）

卡·巴甫洛娃（Каролина Карловна Павлова1807—1893），出生于雅罗斯拉夫省的一个知识分子家庭。父亲是德裔教授，在物理、化学和医学方面均有很高的修养，同时对文学、艺术也有浓厚的兴趣。巴甫洛娃自幼便接受了良好的教育，谙熟多种语言，很早就开始文学创作，并在绘画上也表现出非凡的天赋。她的诗歌曾得到著名诗人巴拉廷斯基、维雅泽姆斯基、雅泽科夫和波兰诗人亚当·密茨凯维支的高度赞赏，后者还与其有一段未果的恋情。巴甫洛娃支持"纯艺术"理论，其作品优美精巧，音韵和谐，在冷峻、理性的表象下常有激情的迸发。此外，她还从事翻译工作，致力于将俄罗斯诗歌介绍给德语世界。

小蝴蝶

大自然神奇光彩的造物,
年幼的小蝴蝶,你去向何方?
你究竟怀着什么古怪的想法,
盘旋着飞向蔚蓝的天空?
你不知道自己身负的使命,
长久地居住于一片灰烬;
但二度诞生的时辰已来临,
你最终又赢得一次生命。
尽情地呼吸纯净的空气吧,
尽情地漫步于遥远的天边,
飞舞吧,犹如兴奋的蓝宝石,
活下去,不再触及尘土。——
艺术家,你不也同样如此,
跟这只小蝴蝶一样的命运,
生活的迷雾将你桎梏,
成为拥挤大地的一只幼蛹?
在如此忧悒的无力中,
奇迹诞生的预定时刻来临,
你顿悟自己是天空之子,

突然张开两只翅膀。
那么，就向小蝴蝶学习，
去告别人间的住所；
像它一样自由，生存于天空，
从高处向下俯瞰大地！

1840

1840 年 11 月 10 日

在尘世的喧嚣，在人的荒原，
你告别理想，也抛弃了我，
而今你是否还记得陈年往事？
你是否记得那尘封的时日？
请告诉我，而今你会否将我怀念？
回想那个时候，我幼稚地相信，
从你的手接受我自己的宿命，
无所畏惧地对你许下我的终身？
在上帝的旨意前，这一刻那么神圣，
一颗灵魂，那么深切地眷爱，
不由自主，奋不顾身地去表白，
告诉另一颗灵魂：我把自己托付给你！
这一道光亮，来自圣洁的天堂——
无论命运会带它上哪一条道路——
像一粒活的火星沉睡于石头，
我将沉睡在你冰凉的胸口；
这恼人的痛苦那沉重的负荷
不能扼杀心头埋藏的非凡秘密；
这一颗种子绝不会腐烂，

它一定会在另一个国家开花。
你是否会想起，在喧嚣的舞会上，
我默默地承认自己属于你？
一颗心跳动得多么剧烈，
眸子里迸发的火花多么骄傲？
尽管生活已攫取了自己的份额，
你也超脱于尘世的一切纷扰，
你那一颗起了变化的心，
关于这片刻的记忆是否完好？

1840

天空闪烁……

天空闪烁,犹如绿宝石,
金色的云彩浮动,
为什么在这初春季节,
忧郁会渗进了心胸?

莫非是因为新生的欢欣
被无忧无虑地表露,
恢宏的世界永远年轻,
唯有心灵逐渐衰枯?

一切都完满,一切都蓬勃:
鲜花、绿荫和歌声,
唯有心儿无法坚守
它自己的憧憬?

莫非是春来春去,
蓄满了新的力量,
由此,在每一座坟头,
鲜花冷漠地开放?

1840

不,你神圣的天赋不为他们……

不,你神圣的天赋不为他们!
不,你纯洁的诗行不为他们!
不,你灵感四溢的歌声
不会在他们的市场现身!

你压抑着思想的回声,
你绝不会让那些疯子
去无端猜测你冲动的激情,
诋毁你虚缈的幻梦。

心灵为之战栗的东西,
你珍藏着,世人并不知情;
你不会揭开那帷幕,
它们覆盖着少女的灵魂。

人们永远也不会了解
秘密诞生的忧伤灵感;
你就像一个如梦的幽灵,
无声无息地醒来。

你无声地面对世界，
你只歌唱于夜的寂静：
尘世间多余的来客，
神秘莫测的夜莺。

1840

走向可怕的荒漠

沿着自己的道路,
走向可怕的荒漠,
筋疲力尽的朝圣者,
你幻想追寻什么?

黑暗笼罩极地之夜,
你被遗忘,独自一人,
你徒劳地凝神贯注,
眺望亮闪闪的东方。

一颗战栗的心儿
徒然等待壮丽的晨曦,
这颗启明星已坠落,
太阳永不再升起。

1849

你不要怀着一腔愁绪……

你不要怀着一腔愁绪
走向那朝夕思慕的坟墓,
生命一切的暴风雨
展示的力量都已在墓中结束。

我拒绝徒劳无益的哭泣,
也拒绝你的鲜花和伤悲;
为何要对这无形体的影子
献上两朵玫瑰,两滴眼泪?
1851

相互交流各自的话语……

相互交流各自的话语,
黄昏时分我们坐在一起,
只有我和你,十分安谧——
我沉吟着,忧伤的眼睛
时不时地打量着你。

望着你,我禁不住叹息,
我希望告诉你一声:
你为什么要从年轻的额际
抹除过去岁月的烙印,
那不可消除的痕迹?

你为什么要强作欢颜,
掩饰你眼神不自由的余光?
你怎么能因为秘密的责难
在谈话中出现突然的沉默,
你的笑容多么生硬怪诞。

你的心思,其实我已猜透,

那怨诉还不曾平息,

让我以亲切的情愫将你接受,

我会像一名好心肠的护士,

细心地处理你的伤口!

1854

街的喧嚣已平息……

街的喧嚣已平息——夜已深；
高高的天穹也浮起幽暗，
乌云威严地在前进，
仿佛勇士们在行军。

我从窗口向外张望，
看见它们黑压压的队列——
却不合时宜地
回想起另外一些时光。

那些时光——很少有乌云——
那稍纵即逝的时刻，
我耐心地等待——
突然传来一阵铃声！

一则没有结局的故事！
莫非直到现在，我
依然不可能彻底忘记
这古老童话讲述的一切？

我安静下来，我已满足，
疯狂的一切已结束——
但我的内心还有一些疼痛，
还有一些沉重的东西。

1858

柯尔卓夫（1809—1842）

柯尔卓夫（Алексей Васильевич Кольцов，1809—1842）出生于沃罗涅日一个牲口商人家庭。柯尔卓夫仅上过一年半的小学，后来通过自学掌握了作诗的技巧，显露了出众的才华，但仍会暴露教育上的某些不足，例如出现文法使用的不规范、单词拼写错误等问题。1830年，他结识了哲学家和诗人斯坦凯维奇，后者对他大为赏识，并将他推荐给别林斯基。别林斯基对柯尔卓夫的创作评价甚高，肯定了其创作上的真诚和语言上的清新、质朴，认为那是一种"艺术性的民歌"。柯尔卓夫生动、活泼的诗风在十九世纪俄罗斯文坛独树一帜，许多作品在当时已被谱成歌曲传唱，对后世的农民诗歌产生了较大的影响。

你别再喧嚷……

你别再喧嚷,麦子,
用你沉甸甸的麦穗!
刈草人,别再歌唱
那草原的一望无际!

我不是有什么目的
要来积德行善,
我不是有什么目的
如今来积攒财富!

年轻人积攒财富,
他在行善积德,
并不为自己而考虑——
而为那姑娘宝贝。

如果能见到她的眸子,
我感到多么地甜蜜,
她那一双动人的眸子
充满了爱恋的情思!

但这对明亮的眸子
而今失去了光泽,
那美丽无双的姑娘
在墓中长梦不醒!

比山峰更为沉重,
比子夜更为黑暗,
一种黑色的思绪
沉重地压在心头。
1834

初　恋

青年时代俘获的东西，
我的心灵第一次
如此炽热，如此温柔地爱过——
并非只是短暂地爱过——
而今我竭力将它忘却，
我希望为燃烧的心和情欲的苦恼
寻找到另一个目标，
希望同样爱上另一种事物！
一切是徒然：不可能忘记
往昔亲爱的影子！
只要一入睡——她就来到床头，
带着不可思议的力量，
悲伤地把手递给我，
重新用甜蜜的幻想诱惑我，
黑亮的眸子盯住我的眼睛！……
我那痛苦不堪的灵魂
重又聆听爱情可亲的声音……
何时会敲响那钟点，
或者将你彻底遗忘，或者与你相伴永恒？

1836

致友人

尽情欢乐吧,忘掉过去!
消逝的事物——不再返回!
莫非世间一切都背叛了我们?
莫非爱情随身带走了一切?
生活中还有不少乐趣,
我们重新进入生活做客:
我们与一个产生不快的体验,
或许,却与另一个和睦相处!
我们在生活中失去的东西,
还会再度在生活中找到!
短暂的悲伤在我们算得什么?
我和你难道不能将它们清除?
大地的忧愁,莫非在墓穴中
就既无生命,也无奖赏?
莫非在那里,在蔚蓝苍穹之外,
唯有虚无与黑暗存在?
嗨,不!谁忍受灵魂之苦,
谁在世界上活生生地死亡,
就在遥远的蓝天之外,

他将找到可靠的奖赏!
不要相信腐朽的偶像,
别相信自己,别相信他人,
不要相信先知的世界,
但你要信任,信任天空!
哪怕人间的怨恨
剥夺了我所有的快乐,
哪怕从摇篮到坟墓
一直受到恶的折磨与恐吓——
我的灵魂绝不向它低头,
我绝不会放弃幻想;
我会像墓影倒下,化作灰烬,
但绝不让自己沉溺于悲伤!……

1830

人

上帝的世界，一切的创造
都如此出色，如此美妙！
但是，在尘世之中，
没有什么比人更为美妙！

时而他会把自己来憎恨，
时而他又十分珍惜自身；
时而爱恋，时而又厌倦；
终生为生命短暂而忧心……

或许他把自由付托给意愿——
用鲜血浇灌大地；
他把意志付托给狂暴的力量——
海洋在下面翻腾不已。

但是，追求的渴望不断变化，
智慧的光芒四下放射——
它以自己的美，
让尘世的一切黯然失色……

1836

上帝的世界

光的父亲是永恒；

永恒的儿子是力量；

力量的精神是生命；

世界因为生命而沸腾。

到处是三位一体，

一切趋向于生命！

他无所谓时间，

他无所谓空间！

自威严的帝位上，

自奇迹的宝座上，

呈现上帝的形象——

太阳从天空望着我们，

将白昼付托

全世界的生命。

它的倒影显现

在天空的别处——

整个夜晚

用月亮守护大地。

黑暗，在夜的怀抱，

有鲜活的凉爽,
以梦幻来祝福
世界整个自然力。
光给它们以力量,
让灵魂复苏。
在上帝意志的王国,
在生命的起伏中——
没有无力的死亡,
没有无灵魂的生命!

1837

两种生命

　　世界上存在着两种生命。
一种明亮，灿烂如太阳；
她的眸子里有上苍安静的白昼；
光闪中有神圣的思想和情感；
她旺盛的力量是如此蓬勃，
说出自由而理性的话语。
这就是——大地精神的生命；
她像上帝之永恒一样长久……

　　另一种生命是阴郁的；
她的眸子有大地的忧愁与黑夜；
她深深地沉浸于不安的幻梦，
思想在多彩的形式中隐匿，
但不会有自由的话语说出；
她在黑暗中逐渐归于沉默。
这就是——大地尘埃的生命；
短暂，如同陨星划过的一闪……

1837

痛苦的命运

恰似偶然飞过的夜莺,
青春一去不再复返,
恰似雨天滚动的波浪,
欢乐喧闹一阵就消散。

曾有过金色的时光,
而今已烟消云散;
年轻蓬勃的活力
也随着体弱而衰减。

由于过度忧伤的思虑,
心中的血液变得冰凉;
我曾经钟爱的一切——
也已经发生了变化。

狂风摇动着年轻人,
犹如吹起一棵小草儿,
冬天的寒意袭人;
太阳灼热如同火烤。

到了时间，到了时辰，
我整个的精力已经耗尽；
我蓝色的宽长外套
也从肩膀上自行滑落。

没有爱情，没有幸福，
我在这世界上漂泊：
刚刚摆脱一个灾祸，
马上遭遇另一个不幸！

一棵绿意葱茏的橡树，
曾在陡峭的山峰生长：
而今躺在了山脚下，
正在逐渐腐烂……

1837

道　路

一条宽广的道路，
横亘在我的面前。
但我踩在这条路上，
既不能飞，也不能走。

是谁拽住我不放？
又是谁在将我挽留？
为什么直到今天，
我还不曾向往远方？

或许，生为孤儿
恰巧是我的宿命！
或许，丧失了理智
错失盲目的幸福！

仅凭年龄和发色，
我还算不上是老人：
脑袋里有不少思想，——
心头有好多火花！

重锁之下躺着
不少仆役和财宝；
而烈性的乌骓马
已经备鞍待发。

但上路——说心里话——
主意我还没有拿定，
去到异国他乡，
领略外界的见闻；

有时面对灾难，
挺身捍卫自己，
面对致命的风暴，
绝不后退一步；

面带快乐的笑容，
赶赴苦难的宴席，
恰似夜莺唱着歌儿，
勇敢地迎接毁灭！
1839

诗 人

在人的灵魂深处,
思想不断显露,
仿佛雾霭的远方,
天上的星星在闪烁……

世界是上帝的秘密,
上帝是生命的秘密;
整个儿的大自然——
在人的灵魂深处。

被情感所渗透,
被爱情所点燃,
所有力量的勃发,
都来自它的形象……

受它的支配,
艺术家创作绘画——
伟大的剧作,
王国的历史。

蕴含永恒生命的精神,
它有了自我的意识,
在无限的形态中,
它袒露着自己。

生活了数百年,
击败了你的理智,
永远战胜了
无情的死亡。

创造之神奇的
思想无所不能!
你面前整个世界
都会随我一起消隐……
1840

克拉索夫（1810—1855）

克拉索夫（Василий Иванович Красов，1810—1855）出生于沃洛格达省一个神甫家庭。1835 年毕业于莫斯科大学，获语文学副博士学位。曾任切尔尼科夫学校的教师和基辅大学副教授。与斯坦凯维奇和别林斯基有过密切的交往，经常在后者主办的《莫斯科观察者》《祖国纪事》等杂志发表作品。克拉索夫的创作弥漫着很强的哀歌情调，他善于在简练的词句和富于旋律的节奏中表达青春期的哀愁与伤感，在当时引起了评论界广泛的关注。

歌

我的朋友,你瞧:在蔚蓝的天空,
云彩轻轻飘动,仿佛一缕青烟,
在年轻的心上,忧愁也是如此,
将他轻轻地触动,仿佛一个梦幻。

我亲爱的朋友,你的年轻时光
可以拯救你灵魂美丽的色泽,
让我独自面对雷霆和连绵的阴雨——
它们会攫取你的幸福和欢乐。

请原谅,忘掉吧,别要求什么解释……
你无法一起分担我的厄运,……
你生来应该享受安谧的温柔,
生而为爱,泪水应为爱的甜蜜流淌!

你瞧,你瞧啊,——在蔚蓝的天空,
云彩轻轻飘动,仿佛一缕青烟:
在年轻的心上,忧愁也是如此,
将他轻轻地触动,仿佛一个梦幻。

1835

歌

我的青春已经消逝,消逝了,
它像春梦那样,一去不返,
而你那眸子明亮的欢乐——
你的青春还不曾完全开始!

你还是孩子;但是,我非常清楚,
你年轻的胸膛充满危险的激情……
你不要呼唤,也不要去挖掘:
不要语言,我已了解你的秘密。

你不要呼唤,也不要去挖掘!
我们没有能力去控制,去召回
那些远远地飞走的一个个瞬间,
也不能强迫心灵再一次恋爱!

哪怕在喧嚣的欢乐中,心灵
黯淡的火花再一次被点燃——
你也千万别相信我疯狂的誓言:
那只是瞬间的激情——不是爱!

欢乐的幻觉只是短暂的欺骗,
很快就会遭到忧伤沉重的压迫:
恰似秋天的太阳偶一闪现,
乌云马上就将它兜头儿遮住。

我怎能让你美丽的生活蒙上阴影?
我就是一棵被雷霆击断的橡树:
你啊,年轻的常春藤,为什么
还要如此温柔、如此热烈地缠绕我?

1839

俄罗斯谣曲

啊，母亲，我的继母，我的毒蛇！
你不要鞭打我，也不要羞辱我！
我要出去散步——排遣我的愁闷，
我要前去会见一个年轻的货郎；
我要出去散步，给自己梳妆打扮，
装扮就绪，是否像从前那么漂亮：
编一条长长的辫子，淡褐色的辫子，
还要细心地系上一条红色的绸带……
年轻人啊，我的胸脯高高地隆起，
一对乌黑的眼睛总是脉脉含情，
火烈鸟的项链在洁白的胸间燃烧……

啊，我亲爱的女友！你们是否听说，
在一个月黑风高的夜晚，在一间暗室，
我的继母杀死了一个好心的小伙子，
谋取他的钱财，地板布满了斑斑血迹……
你为何鞭打我，你为何这样折磨我？
我要去找他，我要飞奔着去找他，
我和月亮一起被夜雾整个儿卷起……

你穿着白色的殓衣,脸色为何如此苍白?
我要随你而去,无论你带我去向何方……
你瞧,月亮已经在天空信步游逛,
而在潮湿的密林深处,夜莺开始歌唱……

1841

夜间的旅伴

在纯净的旷野，有一种力量，
我的乌骓马疾速地奔跑，
周围漆黑一片，恍如置身坟墓，
充满了死亡一样的寂静。
在纯净的旷野，在茫茫平原上，
我骑着一首剽悍的歌儿奔驰，
在黑黢黢的树林里，有人
应和着，与我一起放声歌唱……
午夜时分；在浓黑的夜雾中，
冉冉升起了一弯年轻的月亮，
我恍惚觉得，有一个无形的精灵
手拉着手，与我一起驰骋。

1842

仿佛出殡时唱起的丧歌……

仿佛出殡时唱起的丧歌,
仿佛暴雨刮起旋风的怒吼,
被忧伤击倒的一颗灵魂,
多么凄惨,多么悲愁。

我并不期望可以复原
已逝的快乐与梦想;
不,我只祈求,暂时
有一个瞬间愉快地遗忘,
为往昔流下清泪两滴。

1840 年代

格列科夫（1810—1866）

格列科夫（Николай Порфирьевич Греков，1810—1866）出生于图拉省（另一说为莫斯科）一个军官家庭。格列科夫的生平资料留存下来的很少。毕业于莫斯科大学。他早期主要从事翻译活动，曾翻译卡尔德隆、歌德、拜伦、拉马丁等西欧诗人和作家的作品。他的诗歌创作也浸润着感伤主义的情调，推崇"纯艺术"理论，其用词考究精致，形象鲜明，富于旋律感，有很高的审美价值。

期　待

夕阳早已被灌注了殷红的霞光，
旷野上一片寂静，唯有明月
正把自己火样的光线投向湖面，
而在蓝色的窗帷后面，她的烛光
　　早已，早已熄灭。

我的心灵被期待的忧虑所搅动，
我整个的幻想只寄托她一人，
月光的闪烁，花的芬芳，夜的魅力，
还有附近树林夜莺的歌唱，
　　让我的想象更加亢奋。

主宰我一切思想的女王，我能否见到你，
是否能听到你的声音？或者，天亮之前，
梦神会重新合上我沉重的眼皮，
让一串串骗人的幻想络绎而来，
　　安慰我忧伤的爱情？

唯有在幻想中，我的双手才能拥抱你，

你的双手才会热烈地按紧我的胸膛；
或者，唯有在子夜，我的梦呓化作声音，
它们代替我倾诉一切的痛苦，一切的忧伤，
  我火一般燃烧的激情？

1840 年代

上帝保佑

我曾经那样爱过你,美丽的天使,
我曾经准备献给你整个灵魂。
我曾经以为,爱你绝不是枉然,
为此我开始梦想着幸福。

但是,你残忍地对我下了判决,
让我一直在疯狂中忏悔不已……
唉!从此我更深地懂得你,
上帝保佑!……我不再爱你。

是的,我爱过你……或许,对另一个
你莫非还能迸发那种致命的激情?
但是,他会是谁?……我祈祷,
哪怕说一声,谁是这个幸运儿,

谁有幸可以贴紧你年轻的胸脯,
对你倾诉那唯一的爱情?……
请告诉我,是谁?……哦,我不嫉妒,
上帝保佑!我不再爱你!

1851

不，我为艺术而爱艺术……

不，我为艺术而爱艺术，它是目的，而非手段，
或者，作为手段，它只是怡人、甜蜜的琼浆；
在冰凉的宴席上，它被混入苦涩的饮料，
我以昂贵的价格从生活、不幸的劫难那里购买；
命运的大锤将它击碎，赶出充满痛苦的心脏。
诗于生活——犹如荆棘花环中的一朵玫瑰；
被寒冷与黑暗围绕的星星的一道遥远的光芒，
因为尘世温柔的缺乏而对天堂的可怕怨恨，
也或许（这是愉快的想法！），在寒冷而幽暗
坟墓后面灿烂地闪烁的一道白昼的光辉；
在焦虑、哀伤、忧心和痛苦的波浪之间，
我啜饮这朵玫瑰的芬芳，欣赏独特的美。

1854

秋天的标志

一片黄叶在葱绿的树木中掠过；
在金色田野上，镰刀结束了劳作；
远处，如茵的草坪上泛起一片淡红，
蓊郁的花园里悬挂着成熟的果实。

极目远眺，到处是秋天的标志：
在那阳光下，蜘蛛亮晶晶地张开蛛网，
草垛时隐时现，花楸树垂下果实，
飘动一串串红色的缨络，越过围墙。

松脆的谷茬地犹如耸立的鬃毛，
秋播的幼苗恰似碧玉在闪烁，
干燥房冒着轻烟，蓝色的池塘上空，
晨雾缭绕，仿佛白色的亚麻布。

装货的大车整天嘎吱响，远处，
在整齐的连枷下，打谷场发出回响，
一大群白鹤在高处飞翔而过，
时而在苍穹之下互相引颈鸣唱。

别了,温暖晴朗的日子,花的时辰,
稠李树吐露着芬芳,霞光灿烂的时辰,
在夜的黑暗中,启明星肆意玩耍的时辰,
歌吟、恋爱,幻想纷扰不休的时辰!

但我喜爱秋天:它令我爱怜。哪怕
这秋天消除了春天一切的魔力;
它蕴含着令人魅惑的独特的忧愁,
让灵魂着迷,喜爱,施予绵绵柔意。

我也喜爱一片片灰色的云朵,
我也喜爱在空中疾速地旋转的叶子,
还有那徐徐拂动的淡白色阳光,
仿佛临终的美人唇际露出的一丝笑意。

1855

多么神奇的夜呵……

多么神奇的夜呵！你看：
月亮在白色的云朵里沉没，
晚霞笼罩了整个黄昏，
到处是一片静谧！

远处，夜莺在动情地啼啭，
鲜花散发着馥郁的芳馨，
花园里，菩提树和橡树
伸展了多少细长的倩影。

呼吸着如此美妙的芳香，
心儿禁不住蹦出胸膛；
这样的夜，美妙如爱情。
朋友！这——是生活还是梦？

你为何充满不语？倚靠着
我的肩膀，你沉思着什么？
或许你也在幻想之海沉没？
不，我想要生活，生活……

我们不相信永久的幸福——
为什么？——它在心力以外……
我把所有幸福寄托给未来——
为这神奇的夜给出一切。

1864

罗斯托普钦娜（1811—1858）

罗斯托普钦娜（Евдокия Петровна Ростопчина，1811—1858）出生于莫斯科一个贵族家庭。罗斯托普钦娜在六岁上失去了母亲。自幼便沉浸在书本生活中，能通过法语、意大利语和英语阅读大量的欧洲作家的作品。她很早开始写诗，曾得到茹科夫斯基、维雅泽姆斯基和普希金的称赞。在彼得堡的文学沙龙，她以美貌、智慧和热情著称，拥有不少崇拜者。早期作品涉及民主和自由主题，其爱情诗也以婉曲、缠绵并有深刻的内蕴而名重一时。中年以后，主要精力转入剧本和小说的创作上。

护身符

我有一个神圣无比的护身符。
我将它珍藏：它统领心灵所有的领地，
包含着希望的目标，生存的枢纽，
未来的担保，过去时光的享乐。
它不是加上秘密锁扣的手镯，
它不是刻有誓言的戒指，
它不是写有表白和祈求的书信，
不是填满亲切题名的纪念册，
也不是从白色羽毛中选取的羽毛笔，
也不是双层绸布覆盖的肖像画……
但你们不会将它叫做护身符，
你们也猜不出它命定不祥的奥秘。
我珍惜护身符要甚于希望，
我愿意为它付出生命和鲜血：
　　我的护身符——就是回忆
　　和不变的爱情。

1830

争　吵

　　……相会的这个时刻
忧伤、沉默，折磨着我们！
——奥泽罗夫《德米特里·顿斯科伊》

我们之间的一切已经永远结束……
　　心灵各自分开，脚步也不一致……
尽管我俩还彼此相爱，但见面时像朋友，
　　我们分别以后，却如同仇敌！

它降临了，那个期待已久的黄昏，
　　叩响了相会的短暂时辰，
这让我如此惧怕又如此期盼的时辰，
　　它引导着我们，让我们靠近。

我们在这个灯火通明的大厅会面，
　　光亮如同盯视的上百只眼睛；
生命在我备受压抑的胸口变得麻木，
　　嗓子因为恐惧而失声……

恐惧并非无因！……我事先就已知道，
　　与他在一起，我应该保持沉默，
或者违背自己的内心！……预先教会
　　舌头、面孔和心灵去撒谎。

他走了过来，他向我伸出一只手……
　　但我没有把手递给他；
我和他在一起，掩饰着心灵的痛苦，
　　时而表情冷漠，时而强颜欢笑。

他还是在谈论着可能的爱情，
　　谈论两颗心联结着的幸福；
他的话语是那么甜蜜，那么兴奋，
　　令我最终感到了窘迫。

听到他的话语，谁能不感到窘迫？
　　他等待着我的答复：
他凝神看着我，躬身靠近我——
　　我并不理会，转过身去。

我漫不经意说个笑话作为答复……
　　他站起身……眼中露出怒气……
我的心胸在哭泣，在不安地呻吟……
　　他却什么都猜不出来！

他没有发现，在我单薄的连衣裙下，
　　　我的心脏跳得多么剧烈，
在佯装的女性嗤笑下，他并没有听到
　　　我情不自禁发出的痛苦哀号！

他根本不明白，我的爱是那么真诚，
　　　那么热烈，又是那么疯狂！
他扬长而去！……在大厅里，我的周围，
　　　人们仍然在轻歌曼舞，若醉若狂！

我忠实于自己，我不会泄露爱的秘密，
　　　它有如一枚神圣的禁果——
他把我当成一个空洞的玩偶，将我称作
　　　非同寻常的风情女郎。

我们之间的一切已经永远结束！
　　　心灵各自分开，脚步也不一致……
一切已经永远结束！……但见面时像朋友，
　　　但是，分别以后，却如同仇敌！

1838

她是诗人……

她是诗人——哦,是的!——她是诗人,
我神奇的夜莺,我忧郁的歌手!
她热爱寂静,热爱黑夜与月光;
她亲近绿色的森林和淙淙的溪流;
正午,她在人群中感到羞怯,沉默不语,
她的嗓音无法融入另一些小鸟的合唱,
无法与喧闹的鸟群一起盘旋、飞翔;
她习惯于独处,离群索居,
不需要听众,只为自己歌唱,
用迷人的歌声向大自然致敬。
她不能忍受笼子:为了野性的自由,
骄傲的她并不羡慕天堂的生活;
一年只有一次,那就是春天,爱情
赋予了她灵性,她甜蜜的嗓子开始歌唱;
在兴奋的忧伤中,她编唱激情的颂歌。
所有热情似火的歌曲,所有朦胧的灵感,
她们唯一的对象就是心灵的生活;
心灵的生活一旦终结——她就会隐没
在沉默与隐忍中……哦,是的!她是诗人!

1840

"她思考一切!"……

"她思考一切!"人们这样议论着我,——
举足轻重的智慧,一头优雅的白发,
尽管实际上,我还是一头乌黑的秀发……
"她思考一切!"不实之词!我的
理智并不沉溺于那些无用的思索,
也不深入地去探究宇宙性的问题。——

不,我不思考——我只幻想!……
抛却那些无谓的忧虑,不安的意念——
我的生命没有余暇进行冷静的思考。
悲泣也罢……欢乐也罢……我自我满足,
我关注的唯有自己——我忠实的幻想
只会爱抚和亲昵心灵喜欢的东西。——

不,我不思考!我在现实生活中幻想,
我生活在回忆中,我生活在推测中,
哦,无论明天,哦,无论昨天,从不间断。
只要我的灵魂仍然激动不安,热血沸腾,
只要希望还在对我如此甜蜜地倾诉,

我就不想思考！……为何我要陷入沉思？……

什么是思考？——审判……算计……仔细分辨
那异己的人与事……精神的、先知的眼光……
向往勇敢的智慧、向往自由空间的翅膀……
思考的时辰已来临，在沮丧的日子里，
面对冷酷的真理，面对成熟生活的寒意，
我的幻想四下飘散，犹如过眼的云烟！

1842

德拉琉 (1811—1868)

德拉琉（Михаил Данилович Деларю，1811—1868）出生于喀山的一个贵族家庭。从皇村学校毕业后，因成绩优异进入政府部门工作。1834年，因翻译雨果的诗歌《美人》被认为冒犯了沙皇而遭逮捕，次年被遣送回喀山。1837年，到敖德萨担任利舍尔耶夫斯基学院的学监。1841年退休后，居住于哈尔科夫。德拉琉有很高的文学修养和语言天赋，曾翻译过奥维德的《变形记》。他的创作在浪漫主义精神中保留了古典主义的余韵。

沃克吕兹涌泉

彼特拉克在岸畔休息,摆脱了
尘世的喧嚣,被涌泉的水滴打湿;
他忘掉了罗马,也被罗马遗忘,
他在这里独自为爱情而呼吸。

在秘密的梦境,化身无形的天使,
理想的女人劳拉在他面前轻轻掠过,
一行精美的诗歌,以令人喜爱的格式
从歌手的唇间流出,到处传播。

铿锵和谐的音韵,甜蜜的思想,
沃克吕兹的泉水被带到更远的地方,
与潺潺的水声永远融为一体。

聆听过这涌泉的淙淙声的游人,
迄今仍然忧伤不已,充满了愁思,
依稀听到了郁悒、希冀和爱情。

1832

具体的理想

契尔克斯女人的眼睛,浓密的眉,
  美丽的睫毛,妩媚的脸颊,
珍珠似的颈项,天鹅的酥胸,
  迷人的微笑,精致的嘴唇!

诗人永远都离不开你们!
  他的理想已被你们具体呈现;
他祈盼整个白昼都能观赏你们,
  整个夜晚他依然把你们思念!
1834

奥加廖夫（1813—1877）

奥加廖夫（Николай Платонович Огарёв，1813—1877），出生于彼得堡一个地主家庭。在政治上，他的思想接近十二月党人，反对沙皇专制统治。在莫斯科大学期间，与赫尔岑结为至交，立志为自由和民主献身。后流亡国外，与赫尔岑一起创办文艺丛刊《北极星》和《钟声》报。参与筹建秘密组织"土地与自由"，宣传空想社会主义的理论。他的作品富于浪漫主义色彩，多传达伤感、怀旧和对现实不满的情绪，洋溢着追求自由的激情。曾编辑《俄罗斯十九世纪秘密文学》《俄罗斯自由歌曲》，对俄罗斯民主主义诗歌的传播起到了一定的作用。

老　宅……

老宅，我的老朋友，我终于
前来重访一片荒芜的你，
往事又在我的脑海复活，
我充满忧伤地望着你。

眼前是喑哑麻木的庭院，
衰朽的水井已经塌陷，
花园枯黄，不再有簌簌的绿叶，
它正在潮湿的宅基上腐烂。

年久失修的屋子郁悒地伫立，
四面墙壁的灰泥开始剥落，
灰色的乌云在上空浮动，
一直望着老屋，不住地痛哭。

我走进去。还是那些房间；
一个不满的老人在絮絮叨叨；
我们并不喜欢与他交谈——
他那些刻薄的话语让我们害怕。

就是这个小房间,我与朋友同住,
我们在这里志趣相投,
在过去的时光,在这个房间
曾经产生很多金子般的思想。

房间里有颗星星安静地闪烁,
墙壁上还残留着那些字句:
当青春在灵魂深处激荡不已,
有一只手将它们写下。

在小房间有着过去的幸福,
美好的友谊在那里滋长……
而今是那般荒凉和寂寥,
墙角爬满了蜘蛛的罗网。

我感到一阵恐怖。我战栗不已,
我仿佛站在一座坟墓面前,
我拼命呼唤死去的亲人,
但他们没有一个能够死而复活。

1839—1840

致友人

我们满怀美好的期望走进生活,
我们怀着一颗勇敢的灵魂走进生活,
怀着对真理的渴望,对仁善的渴望,
满怀着爱情,满怀着诗意的幻想,
我们很早就开始了与生活的决斗,
我们在决斗中从不吝惜年轻的力量。
但我们在周围找不到同情与怜悯,
也找不到更好的希望与幻想,
仿佛树叶飘飞在阴雨绵绵的秋天,
它们随风凋落,枯干和焦黄——
孤单单地,在世界上只剩下我们自己,
光秃的树枝友好地相互纠缠在一起。
我们似乎走到了坟墓的边缘:
我们的灵魂深处,埋葬了多少情感,
多少动人的形象,多少深刻的思索……
那又怎样?难不成还要怨天尤人?
有何怨恨?……灵魂应该植入隐忍,
应该自我修炼——无怨无悔,倘若可能。

1840—1841

山谷浓雾弥漫……

山谷浓雾弥漫,空气潮湿,
  乌云遮住了天空,
你忧伤地看着浑浊的世界,
  风发出忧伤的吼声。

千万不要惧怕,我的旅伴,
  大地上到处有战争;
你的内心自有强大的力量,
  祈祷,还有一片安宁。

1840—1841

还在狂热祈求爱情的一颗心……

还在狂热祈求爱情的一颗心,
终生陪伴,永恒而神圣的爱情,
时间的流逝也不能让它消退,
世俗的纷扰也不能将它扼杀;
疯狂祈求女性温柔的一颗心,
神奇的幻想悄悄叙述着童话。

但一切是徒然!……愿望成虚空;
惊恐中的思绪再一次向后奔波,
惶惑不安地在回忆中不住徘徊……
但消逝的往昔根本不能复活!
那些沉寂的声音也不能再度响起,
它能够惊扰和挤迫的唯有记忆。

浮起一种恐惧,情感已被埋葬;
灵魂深处浮荡的是悲伤与寒意,
仿佛屋子里正举办一场丧事:
男主人死了——空荡而阴暗;
神父含糊地念着追悼的祭文,
屋子里走动的人们满面愁云。

1844

自　由

当我还是一个安静而温和的少年，
当我还是一名充满激情的青年，
或者当我已经成年，而且毗邻衰迈——
我整个的一生，不断地，不断地，
不断地响起同一个不变的单词：
　　　自由！自由！

身受奴役和压迫，我的精神抑郁，
我告别了亲爱的祖国，生养我的祖国，
为了自己能够积攒足够的力量，
从异国他乡到祖国遥远的边疆，
都能喊出那一个嘹亮而珍贵的单词：
　　　自由！自由！

就在异国他乡，在子夜的寂静里，
我总能听到远方传来强劲的声音……
穿越暴风雪，穿越无助的黑暗，
穿越夜风撕裂人心的呼号，
我总能听到来自祖国的年轻的单词：

自由！自由！

心灵，已经如此习惯于痛苦的怀疑，
仿佛小鸟脱离牢笼，告别囚禁的生活，
第一次兴奋地扑腾快乐的翅膀，
于是，如今再一次如此庄严、快乐和新奇地
响起了一个自童年就熟悉的单词：
　　　自由！自由！

我仿佛又梦见一切——冰雪和原野，
我看见了一张熟悉的农夫的面庞，
满脸的络腮胡子，浑身充满了力量，
他们卸除了镣铐，对着我不断讲述
一个我永恒的单词，不变的单词：
　　　自由！自由！

但是，倘若遭到了厄运与灾难的恐吓，
自由一定伸出援手投入斗争——
我马上就会飞身前去保卫人民，
倘若我不幸在残酷的战斗中倒下，
弥留之际，我也将说出那个强大的单词：
　　　自由！自由！

倘若我不得不老死在异国他乡，

我也将怀着希望和信仰死去，
但在我濒死的一刻，——你沉浸于平静的悲伤，
如果尚未听到神圣的声音，别让我的身体变凉，
同志，你一定要对我轻声念出一个单词：
　　　自由！自由！

1858

莱蒙托夫（1814—1841）

莱蒙托夫（Михаил Юрьевич Лермонтов，1814—1841），十九世纪俄罗斯最为杰出的诗人之一。出生于莫斯科一个没落贵族的家庭。父亲为退役军官。母亲早逝，由外祖母抚养成人。先后在莫斯科大学和彼得堡近卫军骑兵士官学校学习。1837年，普希金因决斗身亡。他在激愤之下写出了著名的悼诗《诗人之死》，指控整个上流社会就是谋杀的凶手，遂一举成名，同时也招致了流放的命运。不幸的是，1841年7月，他也因决斗而酿成第二次"诗人之死"。莱蒙托夫曾创作长诗《恶魔》与《童僧》，有论者指出这恰好代表了作者创作中的两极，其作品大多笼罩着阴郁、绝望的情绪，但同时又充满了对自由、纯真的向往，最终在文学史上留下了一个孤独者和漂泊者的形象。

波浪与人

波浪一个接一个翻滚,
　　汩汩流淌,喧声低沉,
人也是卑微地从旁边走过,
　　一个个摩肩接踵,
对波浪而言,自由与寒冷
　　珍贵远胜正午的热光;
人也祈盼拥有灵魂……又怎么样?
　　他们的灵魂比波浪更悲凉。

1830

黑眼睛

夏夜里有很多颗星星:
为什么你只有两颗,
南方的眼睛!黑色的眼睛!
我们相遇在糟糕的时刻。

不管谁来询问,夜的星星
告诉的总是天堂的幸福;
黑眼睛,在你的星星里面,
我为心灵找到了天堂与地狱。

南方的眼睛,黑色的眼睛,
我在其中读到爱情的判决,
从那时开始,你就成了
我白昼的星与夜晚的星!
1830

哦，够了，别再纵容荒淫无道……

哦，够了，别再纵容荒淫无道了！
莫非紫袍是恶棍的盾甲？
供那帮傻瓜去顶礼膜拜，
让别人的竖琴为他们弹奏；
不过，歌手，请停止你的歌唱，
金色的冠冕——不是你的冠冕。

你应该歌颂来自祖国的放逐，
如同你以往对自由的歌颂；
你的天性中很早就被赋予
崇高的思想和崇高的灵魂；
你领教过邪恶，而面对邪恶，
你依然骄傲地高挺起前额。

面对着暴君，面对着绞架，
你依然歌颂过自由的品性；
你从不畏惧人间的惩罚，
你惧怕的只是永恒的审判，
你歌唱着，在这一片土地上，
至少有一人能理解你的歌唱。

1830—1831

致——

命运偶然把我们拴在了一起,
我们相互在对方找到了自己,
一颗灵魂与另一颗灵魂友好相处;
尽管它们不能相伴到路的尽头。

春天的一江碧水同样倒映
天空遥远而蔚蓝的穹窿,
它在一朵平静的水波上闪烁,
遭遇汹涌的大浪就会颤动。

哦,愿你,愿你成为我的天空,
愿你成为我恐怖风暴的同志;
那时,且让它们在我们中间轰鸣,
没有了它们,我根本无法生存。

我生来就是让全世界成为证人,
目睹我的胜利或者我的毁灭,
但是,我的指路明灯呵,和你在一起,
就不在乎什么赞美或傲慢的嘲讽!

大众的灵魂不可能理解诗人，
也不会去热爱诗人的灵魂，
不可能理解他经历的悲伤，
也不可能分享他的欢欣。

1832

从前,我把爱的接吻……

从前,我把爱的接吻
当成了最幸福的人生,
而今,我已厌倦了幸福,
而今,我不爱任何人。

曾经,我把一滴滴泪水
看作动荡不安的人生,
但那时我有爱,有希望——
而今,我已不爱任何人!

我已丢掉了年轮的账簿,
正在捕捉遗忘的翅膀——
我多希望这颗心被带走!
多希望把永恒也扔给翅膀!
1832

我渴望生活……

我渴望生活！我祈盼
与爱的悲伤和幸福作对；
它们过分溺爱我的理智，
处心积虑抚平额头的皱纹。
时辰已到，尘世的讥嘲
即将驱散我平静的雾霭；
没有痛苦算什么诗人的生活？
没有风暴如何算是大海？——
他希望以痛苦为代价去生活，
哪怕忍受焦虑缠身的煎熬。
他意欲博取天堂的妙音，
他不愿坐享荣誉的馈赠。

1832

致——

别了！我们再也不可能重逢，
　　我们的手再不会紧密相握；
别了！你的心赢得了自由……
　　但它无法从他人获取幸福。
当你听到有人叫出那个名字，
　　而他实际早已离开人世，
我知道：它被痛苦之火焰灼烧，
　　如今再一次不住地战栗！

有一些声音，——在傲慢的人们看来，
　　它们简直不值一提——
但它们不可能被人遗忘——
　　犹如生命，与灵魂融为一体；
仿佛在墓中，消逝的往昔
　　被掩埋在这神圣声音的底层；
人世间，唯有两者能够理解它们，
　　唯有两者会因它们而颤动！

我们在一起的时间只是一瞬，

  但永恒在它面前什么都不是：
我们突然耗尽了所有的情感，
  被一个吻烧成了遗址；
别了！——别再无理性地怜悯，
  别再惋惜短暂的爱情：
看起来，我们的诀别那么艰难；
  ——但要重逢就更加艰难！

1832

孤　帆

蔚蓝色的海面云雾弥漫，
一片孤帆闪烁着白光。
它向遥远的国度寻觅什么？
它将什么抛在了故乡？

波涛嬉戏着，风儿呼啸着，
桅杆吱吱响，弓起身子；
嗨——它不寻觅幸福，
也不是在把幸福躲避！

帆下，海水比蓝天更明朗，
帆顶，阳光金灿灿——
躁动不安的它呀，祈求着风暴，
仿佛在风暴中才有安宁！
1832

美人鱼

美人鱼沿着蔚蓝的河流游浮，
　　一轮满月照耀她银光闪烁，
她奋力拍打起银色的波浪，
　　想把水花泼溅到月亮身上。

河流喧嚣着，卷起一个个漩涡，
　　摇碎了倒映水面的云彩；
美人鱼深情地歌唱，她的歌声
　　一直飞到陡峭的河岸。

美人鱼唱道："白日的光辉
　　在我的河底惬意地闪耀，
那里有金色的鱼群在漫游，
　　那里有不少水晶的城堡；

在那茂密的芦苇浓荫下，
　　靠着晶莹沙粒做成的石枕，
一位来自异域的勇士在酣睡，
　　他是嫉妒的波浪俘获的战利品……

我们喜欢趁着深夜的黑色,
　　梳理一缕缕柔丝样的鬈发,
正午时分,我们不断亲吻这美男子,
　　亲吻他的额际和他的嘴唇。

可不知怎的,他对这一次次热吻
　　无动于衷,冰凉而沉默;
他安眠着,——依偎在我的胸口,
　　没有呼吸,也没有喃喃梦呓。"

美人鱼在青色的河面如此歌哭,
　　内心充满了莫名的忧伤;
河流喧嚣着,奔腾向前,
　　摇碎了倒映水面的云彩。

1832

黄澄澄的麦地波浪似的起伏……

黄澄澄的麦地波浪似的起伏,
清新的森林在微风吹拂下喧哗,
深红的李子躲在了花园深处,
在绿叶掩映的甜蜜影子下。

每当绯红的黄昏或金黄的早晨来临,
银白的铃兰探出幽深的灌木,
彬彬有礼地摇晃着小脑袋,
它的身上洒满了芬芳的露珠;

当冰凉的泉水在与沟壑做着游戏,
把思绪沉入某个朦胧的梦乡,
对我娓娓叙谈秘密的萨迦,
讲述它所从来的安谧的地方——

那时,额头的皱纹才得以舒展,
那时,我的焦躁不安可以被平息,
我才能领悟尘世的幸福,
我才看得到天堂的上帝。
1837

我一听到你的声音……

我一听到你的声音
你清脆、温柔的声音,
我的心就怦怦直跳,
仿佛笼中的小鸟;

我一看到你的眼神,
你深邃、蔚蓝的眼神,
灵魂就想冲破胸膛,
去急切地将他们接迎,

真个儿欣喜若狂,
又希望号啕大哭,
我想冲到你的身边,
搂住你的颈脖。
1838

致斯米尔诺娃

在懵懂无知的淳朴中，
我希望更简捷地了解你，
但这些个甜蜜的希望
而今已被我完全丢弃。

你不在时我有满腹话语倾诉，
但见到你时我唯愿聆听你；
可是，你只是严厉地默看着我，
而我也只能窘迫地沉默。
有什么办法？我不能
用笨拙的话语占据你的心智……
这一切岂不是十分可笑？
如果我不是那么地忧悒……
1840

寂寞又惆怅

又寂寞,又惆怅,有哪一只手与我分担,
　　在我的灵魂遭遇不幸的时候……
祈盼!……永远地祈盼又能有什么作用?……
　　而岁月,美好的时光——永不停留!

爱……去爱谁呢?……片刻欢情何足费神,
　　但永恒的爱情又没有可能……
反观自身吗?——那里,已没有往昔的踪影,
　　快乐也罢,痛苦也罢,都已成虚空……

激情是什么?——要知道,在理智的话语中,
　　它们甜蜜的痛苦迟早都会消失;
而生命,你只要冷静地打量一下四周——
　　不过是一个愚蠢而空洞的游戏……

1840

塔玛拉

在幽深的达里雅尔峡谷,
捷列克河在浓雾中奔流,
在黑色的悬崖,黑魆魆地
屹立着一座古老的塔楼。

在这座高而狭窄的塔楼上,
居住过一位女王塔玛拉,
貌美宛如来自天堂的天使,
却又阴险凶恶恰似恶魔。

一盏灯火闪烁着金光,
穿透子夜茫茫的浓雾,
它的光亮映入路人的眼睛,
散发着招引投宿的诱惑。

传来了塔玛拉的声音:
这声音充满欲望与激情,
其中蕴含倾倒一切的魔性,
还有不可思议的掌控力。

受到看不见的仙女之诱引,
战士、商贾和牧人循声而来;
大门在他们面前敞开,
一个阴沉的太监负责接待。

她一身绫罗绸缎,满头珠翠,
倚坐在天鹅绒的床榻上,
静候着嘉宾。在她的面前,
两杯美酒发出咝咝的声响。

灼热的手臂交缠在一起,
嘴唇与嘴唇紧密地接吻,
那里整夜整夜地发出
各种奇怪、野性的声音。

仿佛在这空寂的塔楼里,
有一百对灼热的年轻夫妻,
前来参加深夜的婚礼,
或者赶赴祭奠的葬仪。

但是,到了早晨,曦光
把自己的光线抛洒到山峦,
顷刻,黑暗与沉默

又把这塔楼重新主宰。

唯有捷列克河咆哮着,
在达里雅尔峡谷打破寂静;
一个波浪追逐另一个波浪,
一个波浪驱赶着另一个波浪;

它们呜咽着,匆忙向前赶,
携带着一具无声的尸体,
那时,窗口掠过一道白色,
从那里传来一声"别了"。

告别的话语是如此温柔,
声音听来多么甜美,
仿佛是幽会带来的狂喜,
许诺给出爱情的恩惠。

1841

叶 子

一片橡树叶子离开了滋养它的树枝,
被冷酷的风暴所驱逐,向着草原旋飞;
它历经严寒、酷暑和磨砺,逐渐干枯,
最终来到黑海之滨,继续在那里飘飞。

黑海之滨生长着一棵年轻的悬铃木;
风儿与它亲密絮语,爱抚它的绿色树枝;
来自天堂的小鸟在绿色的树枝间摆动,
它们啼啭着歌唱,赞美海底女王的光荣。

那漂泊的叶子贴紧了高大悬铃木的根部,
它怀着深重的忧惧祈求暂时提供栖身的场所,
如此哀婉地倾诉:"我是一片可怜的橡树叶子,
过早地成熟,在冷酷的祖国得以成长。

我早已孑然一身,独自在世界上飘零,
没有遮阴而枯干,没有睡梦与安宁而凋萎,
请接纳我这异乡客,让我栖身于翠绿的叶丛,
我知道不少古怪的故事,不少神奇的故事。"

"我为何要接纳你?"年轻的悬铃木回答,
你枯黄肮脏,与我清新的子嗣们并不般配,
你见多识广,但我为什么要听你的无稽之谈?
那些来自天堂的鸟儿已折磨了我的耳朵很久。

赶紧往前走吧,哦,漂泊者!我不认识你!
我被太阳所宠爱,为它绽放和放射异彩;
我在这里自由地向天空伸展我的枝叶,
而冰凉的海水正在濯洗我的树根。
1841

不，我如此热恋的并非是你……

1

不，我如此热恋的并非是你，
我不喜欢你而今卖弄的美色：
我爱的是你身上往昔的苦涩
以及我那一去不返的青春期。

2

有时我目不转睛地凝望着你，
盯视着你的眼睛那般长久：
占据我内心的是秘密的交流，
可心儿与之诉说的并非是你。

3

我和青年时代的女友促膝交谈，
在你的脸上寻找别人的面容，

在你翕动的唇间寻找缄默的嘴唇,
在你的眼中寻找明眸熄灭的火焰。

1841

我独自一人踏上了旅途……

1

我独自一人踏上了旅途；
多石的道路透过迷雾在闪烁，
夜安谧。荒野聆听上帝的声音，
星星与星星也在相互倾诉。

2

天穹是如此庄严而神奇！
大地在蓝光中进入了梦乡……
为什么我感到如此痛苦和难受？
我期盼着什么？还是为什么痛惜？

3

我对生活不再有任何期待，
也根本不为

往事而惋惜；
我寻找的只是自由和安宁！
但愿我能失忆并进入梦境！

4

但我并不愿意做墓内的寒梦……
我希望永远这样沉睡，
生命的活力在胸口打盹，
胸脯均匀地起伏，安静地呼吸；

5

甜蜜的嗓音为我歌唱着爱情，
不分昼夜地愉悦我的听力，
让深绿的橡树永远葱郁，
在我的头顶，躬身发出喧响。
1841

阿·康·托尔斯泰（1817—1875）

阿·康·托尔斯泰（Алексей Константинович Толстой，1817—1875），俄罗斯诗人、戏剧家。出生于彼得堡一个贵族家庭。童年在乌克兰的舅舅的庄园中度过并接受了良好的教育。成年后，曾担任过驻德外交官，后进入沙皇的宫廷任职。十九世纪三十年代末开始创作，著有著名的历史小说《谢列勃良内公爵》。他的诗歌创作有很强的唯美特征，主张"纯艺术"的写作，作品富于音乐感，有不少诗歌被柴可夫斯基等音乐家谱曲传唱。

并非拂过高空的风……

并非拂过高空的风,
拨弄着月夜下的树叶;
而是你触动了我的灵魂——
这灵魂像树叶在战栗,
仿佛多弦的古斯里琴①,
遭到了毁灭性的一击,
被生活的旋风恣意撕扯,
呼啸着,咆哮着,琴弦断裂,
又被冰雪深深地掩埋,
但你的声音依然愉悦着听力,
你温柔的抚摸与轻触,
仿佛花瓣飘落时的绒毛,
仿佛五月之夜轻拂的微风……
1851—1852

---

① 俄罗斯古代的一种多弦乐器,类似中国的筝。

我的风铃草……

  我的风铃草呵,
草原上的小花!
蓝幽幽的风铃草,
为什么瞅着我?
在快乐的五月天,
在蓬乱的草丛中,
摇晃着脑袋,
你们为什么鸣响?

  马儿驮着我,箭似的
奔驰在开阔的原野,
它撒开自己的四蹄,
把你们踩在脚下。

  我的风铃草呵,
草原上的小花!
蓝幽幽的风铃草,
不要怨恨我!

我不愿踩踏你们，
希望绕开你们行走，
但控制不了笼头，
马蹄难以驯服！
我箭似的奔驰，奔驰，
只是让尘土飞扬，
烈马驮载着我，
但去哪里——并不知道！

它缺乏职业的驯养，
没受过精心的规训，
在纯粹的旷野成长，
还留有暴风雪的标记；
我的马，斯拉夫的骏马，
你有花纹的鞍垫
也不曾闪烁如火花，
你蛮野，桀骜不驯！

马儿，忘掉狭窄的世界，
我们有广阔的天地！
我们要全速飞驰，
奔向未知的目的地。
我们的奔驰如何结束？
究竟是快乐还是忧伤？

凡人不可能知道——
唯有上帝才洞悉。

我的风铃草呵,
草原上的小花!
蓝幽幽的风铃草,
为什么瞅着我?
在快乐的五月天,
在蓬乱的草丛中,
摇晃着脑袋,
你们为什么忧伤?

1854

如果要恋爱……

如果要恋爱,就不要有理性,
如果要威胁,就不要开玩笑,
如果要咒骂,就痛痛快快,
如果要砍伐,就不要迟疑!

如果要争吵,就要放肆大胆,
如果要惩罚,就得切中要害,
如果要祈求,就要全副身心,
如果要宴请,就得丰盛美满!

1854

朋友,千万别相信……

朋友,千万别相信,我因忧伤过度
说出那些"我不爱你"的失言,
你不要相信退潮就是海洋的背叛,
海洋还会怀着爱情去而复返。

我仍在思念,满怀往昔的激情,
我将重新把自由向你呈献,
如同返卷的波涛热闹地归来,
从远方扑向亲爱的海岸!
1856

白桦被一把锋利的斧子砍伤……

白桦被一把锋利的斧子砍伤，
泪珠顺着银色的皮肤滚动；
可怜的白桦，你别哭泣，别怨恨！
这伤口并不致命，到夏天就会愈合，
美的光彩又将焕发，重新枝繁叶茂……
只是病痛的心却很难抚平创伤！

1856

我的故乡……

我的故乡，我亲爱的故乡！
马儿在自由地奔跑，
鹰群在天空啼鸣，
旷野传来一声声狼嚎。

你好啊，我的家园！
你好啊，茂密的森林！
夜莺在深夜啼啭，
风儿，草原，还有乌云！
1856

让云雀的歌声更加嘹亮……

让云雀的歌声更加嘹亮,
让春天的花朵更加鲜艳,
心儿充满了创造的灵感,
天空充满了美的光彩。

挣开忧郁的桎梏,
砸碎庸俗的锁链,
让新的生命之潮水
胜利地向前奔涌,

新力构成的强大音律
鲜活而清新地响起,
仿佛天空与大地之间
绷紧的一根根琴弦。
1858

泪滴在你嫉妒的眸子里战栗……

泪滴在你嫉妒的眸子里战栗,
哦,不要伤心,你还是我的至爱,
但我爱你只能在广阔的空间,
我的爱情,浩瀚有如大海,
生活的堤岸又怎能容纳。

语言创造的力量从黑夜
召唤出一个个不同的世界,
爱情就像太阳普照一切,
只是它分散着分配稀有的光芒
照耀着大地上的我们。

于是,我们也分散着寻觅,
贪心地捕捉永恒之美的反光;
森林喧嚣,向我们通报快乐的消息,
冰凉的溪水也在高声议论,
花朵摇晃着脑袋在对话。

我们以碎片式的爱情在恋爱,

我们爱溪畔柳树的私密的絮语，
爱心上人向我们投来的眼神，
爱星星的闪光，爱整个宇宙的美，
我们不会把爱情与任何事物相掺和。

但请不要伤心，尘世的苦难会结束，
稍许等待，奴役的状态不会长久——
我们大家将融入同一个爱情，
同一个浩瀚如大海的爱情，
尘世的堤岸不可能将它容纳。

1858

秋……

秋。整个我们的小花园逐渐凋敝。
枯黄的树叶在风中四下飘零；
只有枯萎的花楸树那红艳艳的缨络
还在远处的深谷里展现残存的美。

我的心感到既快乐又伤悲，
我默默抓住你的纤手，给你一丝暖意，
深情地注视着你，默然地流泪，
我没有勇气说出，我是多么爱你！
1858

寂静笼罩着金色的田野……

寂静笼罩着金色的田野；
黯淡的村庄弥漫秋凉的空气，
钟声战栗着响起。我的心灵
充满离情和痛苦的叹惜。

我重又回忆起我的每一个嗔责，
不断念叨每一个亲切的单词，
我的爱呵，我多么希望向你表白，
但我冷酷地将它们藏在了心底！

1862

还在那早春的时节……

还在那早春的时节,
草儿才露出嫩芽,
溪水潺潺,清风习习,
树丛透出一片绿意。

清晨,牧人的笛声
不曾响亮地吹起,
松林,纤小的蕨叶
还蜷曲在花序里。

还在那早春的时节,
在白桦的浓荫中,
你含笑来到我面前,
却低垂着双眼……

你把眼睑垂下,
是在回答我的爱情——
哦,森林,生活,阳光!
哦,希望!哦,青春!

望着亲切的面容,
我不由得潸然泪下——
还在那早春的时节,
在白桦的浓荫中!

还在我们生命的早晨——
哦,幸福!哦,森林!
哦,生活,热泪,阳光!
哦,白桦鲜润的芳馨!
1871

屠格涅夫（1818—1883）

屠格涅夫（Иван Сергеевич Тургенев，1818—1883），十九世纪俄罗斯最具世界性影响的小说家之一。出生于奥廖尔省的一个贵族家庭。屠格涅夫以小说称名于世，被誉为叙事作品最具诗意的代表之一，殊不知他本人就是一位出色的诗人。他早年醉心于浪漫主义诗歌与黑格尔哲学。晚年的散文诗已成为俄罗斯文学乃至世界文学的瑰宝，同样，他的抒情诗也极具魅力，寓人生哲理于自然形象之中，显露了"非凡的诗才"（别林斯基语）。

途　中

雾茫茫的早晨，灰蒙蒙的早晨，
忧伤的田野被一片皑皑白雪覆盖，
你不由自主地回想起已逝的时光，
回想起早已忘却的那些人面。

回想起滔滔不绝的炽热话语，
那些如此热切、如此羞怯的眼神，
最初的幽会，那最终的告别，
低低絮语时那些可爱的声音。

回想起离别时奇怪的笑容，
许许多多遥远、亲切的往事，
伴随车轮不断发出的辘辘声，
惆怅地眺望辽阔的天空。

1843

小　花

你在幽暗的小树林里，
在青翠欲滴的春草丛中，
可会偶遇一朵卑微的小花？
（在异乡——孑然一身。）

它等着你——被露水打湿，
在草丛中孤独地绽放……
为你珍藏自己纯洁的气息，
珍藏自己的第一缕芳香。

你却扯断了摇曳的花茎。
你小心翼翼地将小花
别在衣襟上，面带微笑，
哦，在你手中夭折的小花。

你踏上尘土飞扬的道路；
周围——整个田野被点燃，
从天空泻下大量的暑热，
而你的小花早已枯干。

它在安谧的浓荫下生长,
吮吸过清晨的雨水,
暑热的尘埃让它极度痛苦,
正午的阳光更让它衰萎。

怎么办?怜悯无济于事!
要知道,它之所以被创造,
就是为了这极短的瞬间,
紧偎你的心脏,暂时倚靠。
1843

山　雀

我听到：山雀发出清脆的鸣叫，
在逐渐泛黄的树枝；
你好，小小的飞鸟，
你这秋日时光的信使！

尽管秋天以连绵的阴雨恫吓我们，
尽管它向我们预告着冬季——
但你快乐无比的嗓音
却散发着美妙的幸福气息。

在你迷人的歌声中，
我的听觉已经被俘虏，
莫非这只是沉默的大自然
进行的一个冷漠的游戏？

或者你身上有一种天性，
快乐地进行着排练的歌唱——
它可以帮助人们勇敢地
忍受生命与死亡。

1863

波隆斯基（1818—1898）

波隆斯基（Яков Петрович Полонский，1819—1898），俄罗斯纯艺术派诗人的重要代表。出生于梁赞省的一个小官吏家庭。1838年，考入莫斯科大学法律系，1844年毕业。大学期间，接触了后来同属于纯艺术诗派的费特、葛里高利耶夫等诗人，由此确立了其后的诗风，作品的主题多为艺术、自然与爱情。不过，由于波隆斯基一生的大部分时间都处在经济窘困的境地，这使得他较易体会平民阶层的生活和心理，注意吸取城市平民诗歌和吉普赛谣曲的表现手法，为俄罗斯诗歌的抒情风格添加了新的元素，尤在音韵上为后世积累了宝贵的经验。

旅　途

荒凉的草原——旅途多遥远，
风吹拂着我周围的田野，
远方的雾——让我不由得伤感，
隐秘的愁绪萦绕我的心头。

无论马儿如何奔跑，我总觉得
它们在偷懒。眼前总是不变的景象：
草原，还是草原，庄稼地，还是庄稼地……
"马车夫，你为什么不再歌唱？……"

我那大胡子的马车夫回答道：
"我们把歌儿珍藏，忧伤时才会吟唱。"
"你有什么高兴事？""前面就是我家，——
丘冈后面闪动着熟悉的晾衣竿。"

于是，我看见——迎面就是一个小村庄：
一个农家的庭院铺满了干草秸，
耸立着一个个草垛……熟悉的小茅屋！
她是否还活着？身体是否还健康？

铺满干草秸的院子。在自己的屋檐下，
马车夫将找到安宁、尊敬和晚餐，
而我已有倦意——早就需要一份安宁，
但没能得到……马匹得到了替换。

"喂，喂，打起精神！我的旅途仍遥远；
潮湿的夜——没有了农舍，没有灯光……
马车夫开始歌唱。心中又浮起慌乱……
忧伤的时候，我没有什么歌儿可唱……

1842

相 遇

昨天我们相遇;她停住了脚步——
我也驻足;我俩相互凝视对方的眼睛,
哦,上帝,从那时至今她已有变化……
她的目光黯淡,两颊多么苍白。
良久,我都全神贯注地默默望着她。
这可怜人淡淡一笑,向我伸出手来,
我刚想说什么,她却恳求我,
让我不要开口,随即扭过脸去,
眉毛向上一挑,抽回了那只手,
说了一声:"别了,再见吧!"
可我却想说:"别了,永久的分别,
被毁损的,但依然可爱的女子。"

1844

修　女

在一条熟悉的街道——
　　我记得古旧的住宅，
高高的楼梯一片幽暗，
　　帘子遮住了窗户。
灯盏如同小小的星星，
　　深夜也还在闪烁，
风儿轻轻地吹拂，
　　掀动窗上的薄帘。
没有人知道那里
　　住着怎样一位修女，
一种神秘的力量
　　将我牵引到那里，
在一个秘密的黑夜，
　　这个神奇的姑娘
会见了我，脸色苍白，
　　披着散开的发辫。
她对着我不住念叨
　　那些儿童式的话语：
憧憬未曾体验的生活，

那遥远的异国。
被早熟的热情所驱使,
　　狂热亲吻我的嘴唇,
她浑身战栗地低语:
　　"听着,我们一起私奔!
我们要做自由的小鸟,
　　忘掉这个傲慢的世界……
那里没有我们牵挂的人们,
　　也没有回头的道路……"
不住地给我以响吻——
　　泪水悄悄地流淌——
风儿轻轻地吹拂,
　　不安地掀动窗帘。

1846

乞 丐

我认识一名乞丐:像影子
这老人从早晨开始,整天
就在窗户下徘徊,
向人们乞求着施舍……
但到了晚上,他经常
把白天获得的一切
分发给病人、残疾人和盲人——
还有和他一样穷困的乞丐。

我们时代也有这样的诗人,
他们在年轻时丢失信仰,
像老乞丐一样疲弱,
他乞求精神的食粮——
生活赐予他的一切,
他都心怀感激地接受——
然后与和他一样穷困的人
一起分享那灵魂……

1847

夜

我为什么这般爱你,明媚的夜?
爱得如此之深,忍着痛苦还来观赏你!
究竟为什么我这般爱你,宁静的夜!
你不曾为我,只是给别人送去安谧!……

对我意味什么——星星,月亮,天际,云彩——
这滑动在冰凉的岩石山的光辉,
使花朵上的露珠变成为一颗颗钻石,
像一条黄金之路,跨越浩渺海水?
夜!为什么我要爱你银色的光华,
莫非它是前来驱除隐忍之泪的苦涩,
给焦灼的心一个如愿以偿的回答,
将繁复无比的疑难问题来破解?

对我意味什么——山之幽影……昏睡树叶的战栗,
黑黢黢大海汹涌不息的永恒之波,
花园里树荫下昆虫的喁喁鸣叫,
奔流的溪水婉转如歌的絮语?
夜!为什么我要爱你那神秘的喧嚣,

莫非它能够赋予无限烦闷的灵魂以活力，
莫非它可以平息思想桀骜不驯的风暴——
那在黑暗中更灼热、寂静中更分明的一切?

我自己也不理解，我为什么爱你，夜呵——
爱得如此之深，忍着痛苦还来观赏你!
我自己也不理解，我为什么爱你，夜呵——
或许是因为，我永恒的安谧还遥不可知!
1850

难道不是我的激情……

难道不是我的激情
掀起了这一场暴风雨?
难道不是我的意愿
去与暴风雨抗争?

一场暴风雨来临——
在葱郁花园的上空,
乌云化作了
雨点和冰雹落下。

上帝啊!凋落的玫瑰
那颤动的叶瓣上,
闪烁犹如钻石的
难道不是我的眼泪?

或许大自然
与心灵拥有一样的生命,
有自己的笑容,
也有自己的阴雨天。
1850

吻

把理智、心灵和记忆都杀死,
我如此狂热地吻你并不是偶然——
　　我吻你是因为在暗恋对象面前
　　我曾经羞怯而沉默——将激情隐匿,
　　而是因为她不用火焰就把我燃烧,
　　盈盈一笑,就长久地折磨着我,
　　而是因为,我本以为她的爱是盾牌,
　　不料,它却意外夭折,在墓碑下长眠。
在我心中曾经为之点燃的一切
化作灰烬,在你的拥抱中灰飞烟灭。

1863

别人的窗口

我记得,在一个大雨滂沱的深夜,
我四处徘徊,在别人的窗口下哆嗦;
那一扇窗户里面多么明亮,
灯火吸引了我,敲了一下窗户……
我的上帝!引发了怎样一场混乱!
我让这华贵的房子惊恐不安!
"谁敲窗户?"有人嚷道:"快滚,小偷!
难道你不知道客栈在哪里?……"
对我而言,你的心是另一栋房子,
尽管有时里面灯火辉煌,
并且我还有教养——什么都不会拿走,
只是出于绝望敲一下你的窗户……

1864

题克·什的纪念册

作家——如果只是一朵
波浪,那么,海洋便是俄罗斯,
当自然的元素受到了刺激,
他的情绪不可能不为之愤激。
作家,如果只是一根神经,
联结着伟大的人民,
当自由受到伤害的时候,
他也不可能不感到创痛。

1871

倘若死亡是我亲生的母亲……

倘若死亡是我亲生的母亲,
我就像一名生病、可怜的孩子,
依偎在她胸口进入睡梦,
唉,忘掉了白昼的那些怨恨,
我甚至把自己也给忘掉。

但她——不是母亲,而是别的,
她粗暴地报复那些敢于生活的人,
报复那些思考并痛苦地恋爱的人,
并且扯下了永恒身上的帷幕,
不让我们忘掉已逝的往昔。

1897

费 特 （1820—1892）

费特（Афанасий Афанасьевич Фет，1820—1892），俄罗斯纯艺术派诗人最出色的代表。原姓申欣，出生于奥尔洛夫省的一个地主家庭。母亲是德国人。1840年，费特出版了第一本诗集，展示了最初的艺术探索，赢得了文学界的注目。1844年，从莫斯科大学毕业后，他从军来到南方。期间，与《现代人》杂志有密切的联系。他认为，美是诗歌写作的最高准则，艺术是纯粹的、非功利的，因此，应该关心永恒的主题，而不需要过多地关心现实生活。在具体的写作上，他善于捕捉瞬间的印象，细致、准确地描绘人的内心世界，意境空灵、逸雅，音韵和谐、优美。他的创作尤以风景诗最为人称道，以鲜明的形象和深刻的内蕴而备受列夫·托尔斯泰的推崇。

思　绪

平静的生活是美好、晴朗的日子；
焦虑的生活——是春天年轻的风暴。
那里——是阳光，橄榄树荫下的暑气，
这里呢——雷鸣，闪电和泪水……
哦！请给我整个春天风暴的电闪，
　　给我泪的苦涩和泪的甜美！

1841

白　桦

一株忧伤的白桦
在我的窗前伫立,
严寒真是自出机杼——
装扮得格外俏丽。

恰似一串串葡萄,
在白桦的枝头悬垂——
这通体的素衣银装,
令人悦目心醉。

我爱看一缕霞光
在白桦树上尽情嬉舞,
又不禁担忧:倘若鸟儿
将树枝的娇美抖落。
1842

美妙的画面

美妙画面,
我倍感亲切,
白色的原野,
一轮满月。

高空的光,
闪光的雪地,
远方的雪橇
孤旅飞驰。
1842

黄昏的天空风暴骤起

黄昏　天空风暴骤起，
大海愤怒地发出喧响——
海上翻卷起风暴与沉思，
无数痛苦的沉思聚成
这海上的风暴，哦，沉思，
愈益高涨的沉思之合唱——
乌云一朵追逐另一朵，
大海愤怒地发出喧响。

1842

总是空谈崇高和优美令我感到无聊……

总是空谈崇高和优美令我感到无聊,
  这些夸夸其谈只能让我觉得郁闷……
朋友,我抛下老学究,跑来与你交谈;
  我明白你黑亮而聪慧的眼睛的深情,
它们比上千部鸿篇巨制更加优美,
  我懂得从嫣红的芳唇吮吸生活的甜蜜。
唯有辛勤的蜜蜂才深谙鲜花隐秘的甘美,
  唯有画家才能在万物中嗅出美的踪迹。

1842

多么安谧的星夜……

多么安谧的星夜,
一轮轻颤的明月;
美的芳唇多么甜蜜,
在这安谧的星夜。

朋友!在夜的微光里,
如何抑制住悲嗟?
你像爱情一样美丽,
在这安谧的星夜。

朋友,我爱那繁星——
但驱除不了悲嗟……
你是最可爱的一颗星,
在这安谧的星夜。
1842

我的朋友……

我的朋友,词语是无力的——只有亲吻万能……
　　真的,在你的笔记本中,我快乐地寻究
你思想与情感的潮落潮涨,它们是怎样
　　左右你的笔触在纸上写出各种感受。
真的,我本人写诗,服从女神的安排——
　　我拥有许多韵律,也拥有许多节奏,
凡此种种,我最喜爱的是相互拥吻的韵律,
　　伴随嘴唇温柔的停顿,爱情自由的节奏。

1842

声音长出翅膀……

　　声音长出翅膀,
聚成一团,仿佛傍晚的蚊蚋;
　　心灵恋恋不舍,
不想放弃亲爱的幻想。

　　但在日常的荆棘中,
灵感的颜色是忧伤的:
　　过往的追求
遥远,犹如黄昏时节的射击。

　　对于往昔的记忆
依然令人不安地潜入心底……
　　哦,但愿不用言辞
这颗灵魂就可以说出一切!

1844

湖在沉睡……

湖在沉睡；森林静默不语；
白色美人鱼随意地漂游；
月亮滑动，宛如年幼的天鹅，
它孪生的姐妹在水面闪烁。

渔夫们在打盹的灯火旁入梦；
白色的船帆不起一丝皱褶；
时而有肥大的鲤鱼拍击芦苇丛，
在平整河面荡起大波的水纹。

多么安谧……我能分辨每一点动静；
但声响不曾打破夜的寂静——
任凭夜莺兴奋的啼啭那么嘹亮，
任凭美人鱼将水草轻轻摇动……
1847

第一朵铃兰……

第一朵铃兰！从雪地里
你就祈求太阳的庇护……
你那纯洁的芬芳
散发着少女的欣愉！

仿佛春天的第一道霞光！
怎样的美梦在它身上降临！
你的魅力多么迷人,
炽热春天慷慨的馈赠！

如同少女的第一声叹息——
为什么——她自己也不知——
羞怯的叹息有一缕馨香,
弥散着年轻生命过剩的精力。

1854

在迟暮的黄昏时刻……

在迟暮的黄昏时刻,沿着唯一的小径
  我们默默地前行。
我仰望天空:夕阳神秘地战栗着
  消隐。

希望说点什么向对方告别——
  没人能够懂得;
关于他的晕厥,又能说些什么?
  什么?

莫非思绪已经断裂,正在到处飘零,
  莫非心在胸口痛哭——
钻石似的星星顷刻就会纷纷涌现。
  你且等着!

1858

又是一股看不见的力量……

又是一股看不见的力量，
又是一对看不见的翅膀
给北方带来了一丝暖意；
一天比一天更加清朗，
太阳在森林中绕行，
画出一个又一个黑圈。

朝霞闪烁透明的红光，
为白雪皑皑的山坡
罩上一层异样的光彩；
森林还在梦中沉睡，
鸟儿发出一声声啼鸣，
越来越激昂和快乐。

一条条小溪蜿蜒向前，
彼此呼应，潺潺流响，
匆匆流入回响的谷地，
在白色大理石的苍穹下，
汹涌激荡的水流

携带着快乐的轰鸣飞腾。

那里，沿着广阔的田野，
一条河流伸展犹如海洋，
比钢铸的镜子更加明亮，
小溪的水流汇入河的中流，
放飞一块又一块浮冰，
恰似一大群雪白的天鹅。

1859

明镜似的月亮在蔚蓝的天宇中浮漂……

明镜似的月亮在蔚蓝的天宇中浮漂，
原野上的青草缀满了黄昏的水珠，
不连贯的话语，心又一次更加迷信，
远方细长的影子在洼地里湮没。

这个夜晚充满了欲望，一切毫无止境，
某种虚渺的冲动张开一对对翅膀，
我多么希望带着你无目的地奔驰，
抛掉变化无常的幻影，随身携带光亮。

朋友，你是否还沉浸于深重的忧悒？
何不忘掉有毒的荆刺，哪怕暂时也好？
原野上的青草缀满了黄昏的水珠，
明镜似的月亮在蔚蓝的天宇中浮漂。

1863

浴　女

河里戏水的泼溅声止住了我的脚步。
透过浓密的树枝，我看见她的俏脸
快乐地浮出水面，时而漂浮，时而
摇动，脑后垂挂一根粗大的发辫。

我目睹她的装束，瞥见白色的砾石，
整个人变得窘迫而激动
美人儿一下子扯掉透明的罩衣，
年轻的纤足踩着平整的沙滩。

顷刻，她向我展示了完全的美，
全身流过一阵轻微而羞怯的战栗，
羞涩的百合花柔韧的叶瓣
也是这样在晨露中散发着寒意。

1865

只要我一看到你的笑意……

只要我一看到你的笑意,
或者发现你清朗的眼眉——
就会唱起恋歌,但并不对你,
而是因为你百看不厌的美。

人们在议论,无论晨昏,
那歌手都在歌唱,不知疲倦,
对着她那芬芳的摇篮,
仿佛夜莺对着玫瑰而啼啭。

但花园年轻的女王不发一言,
仪容中有高贵的纯洁闪耀:
只有歌才需要美的存在,
而美啊,连歌都不需要。
1873

夜在闪烁……

夜在闪烁。花园充满了月光。灯火熄灭,
客厅里,清辉安静地躺在我们的脚下。
钢琴完全敞开,伴随你的歌声,
琴弦战栗,犹如我们的心在颤动。

你竭尽全力含泪歌唱,直到晨曦初露,
倾诉你的一片痴心,你的情感矢志不渝,
我不想让这声音掉落,渴望热切的生活,
给你爱意,热烈地拥抱你,为你痛哭。

很多年过去,那窒闷而寂寞的岁月,
在寂静中,我又听到你美妙的歌声,
在叹息似的歌声中,你的痴心飘拂,
倾诉你整个的生命,你的一片痴心。

你不抱怨命运,不抱怨灼烧心灵的痛苦,
只要你的一息尚存,心便无其他所属,
在你如泣的歌声中,我对你无限信赖,
我深深爱你,热烈地拥抱你,为你痛哭。

1877

死

"我想活!"他大声叫嚷,粗鲁放肆,
"哪怕受骗!啊,且让我上当受骗!"
他根本不曾料想到,这是瞬间融化的冰,
而在冰层下面,浩瀚的海洋有如深渊。

逃跑?逃向何处?哪是真理,哪是错误?
哪里有可以依靠的支撑安放双手?
无论是盛开的鲜花,还是灿烂的笑容,
背后都有死亡在不断赢得它的丰收。

盲者徒劳无功地在寻找一条道路,
他把感觉信托的却是一名盲目的向导;
但如果生命——是上帝喧嚣的市场,
那么,唯有死亡——才是他不朽的圣庙。

1878

手指又一次翻到了这亲切的书页……

手指又一次翻到了这亲切的书页；
我又一次被触动，浑身不寒而栗，
祈求风儿或另一只手别去揪扯
唯有我熟悉的那一朵枯萎的花儿。

哦，这算得了什么！来自整个牺牲，
来自生命炽热的牺牲和神圣的功勋——
不过是孤儿的灵魂深处秘密的忧恨，
还有干枯的花瓣留下的黯淡影子。

但它们是我记忆中隐秘的珍宝；
没有它们，往昔一切只是残酷的梦呓，
没有它们——就只有自责，只有苦恼，
没有它们，就没有宽恕，也没有和解！

1884

我们重逢在长久的离别后……

我们重逢在长久的离别后，
从严酷的冬天中复活；
我们互相握紧冰凉的双手，
我们痛哭，痛哭。

但是，人的智慧却将我们
禁锢在坚韧、无形的桎梏；
我们经常相互对望，
我们痛哭，痛哭！

但在乌云背后露出了光亮，
太阳从黑暗中向外探顾；
春天——我们坐在垂柳下，
我们痛哭，痛哭！
1891

你被晨光照亮全身……

你被晨光照亮全身,坐在那儿,
低着纷披的长发,忙于女红;
那芬芳的气息不由得把我吸引到
你的身边,为何我就一见倾心?

为什么我绞尽脑汁也难以找到
明朗话语背后的内在含义?
为什么我用平白的话语向你低诉,
把它们当做令人惆怅的秘密?

为什么仿佛有一根灼热的尖刺
悄无声息地扎进我的胸膛?
为什么我觉得空气如此稀薄,
让我的呼吸感到如此不畅?

1891

云杉铺展衣袖遮住了我的小路……

云杉铺展衣袖遮住了我的小路,
　　风。在森林中独自
喧嚣,难受,时而忧愁,时而快乐——
　　对此我完全不能理解。

风。周围的一切在闷响,徐徐飘动,
　　落叶在脚边旋转。
你听哪,远方蓦然响起了号角,
　　发出一声声尖利的呼喊。

这铜质的喉舌让我觉得非常惬意!
　　不再理会垂死的树叶!
仿佛是,你从远方温柔地将致意
　　投向一位可怜的漂泊者。

1891

谢尔皮纳（1821—1869）

谢尔皮纳（Николай Фёдорович Щербина，1821—1869），出生于没落贵族家庭。母亲有希腊血统，这令他对古希腊的历史与文化产生了浓厚的兴趣，在写作上也多呈现拟古之风，崇尚快乐与美，纯理性主义地对待世界和自然。曾将自己的原创诗集命名为《希腊诗歌》和《新希腊诗歌》。他的作品在十九世纪五十年代曾引起较大的反响，车尔尼雪夫斯基曾予以高度的评价，同时也指出其在主题上的局限。

音　乐

有时，人们在我的灵魂
可以找到一些沉重的瞬间：
灵感激荡着灵魂，
但我沉默，并不歌唱。
语言因为灵魂的丰盈而保持缄默：
我渴望的是声音，而非词语……
声音说出更多心灵燃烧的东西。
情感祈盼着挣脱一切桎梏……
情感在胸中窒息，徒然刺激胸膛，
灵魂深处有一种冰凉的忧伤：
我非常清楚精神的丰富
和语言的贫乏。

1841

如果我的爱情惊扰了你的幸福……

如果我的爱情惊扰了你的幸福,
请把它忘记……没必要再爱我!
我为过去的同情向你表示感谢——
我也将为你的幸福继续活着。

我该上路了……请你告诉我,难道
不是你在我头上搭起爱情的小屋,
让我这个漂泊者拥有一个容身的场所,
我的灵魂可以得到休息,可以客居?……

我们在热恋中和在冷却中都不自由:
我永远都不会去责备你的变心……
不!感情与思想一样,永在变动中燃烧,
感情也有自己的序列和自己的年轮……

但我担心的是,你一对天堂的眼睛
因为我而被泪水弄得模糊不清……
我感到幸福的是,你已将我忘记,
我感到幸福的是,我还不曾忘记你!

1843

书 信

一封书信躺在我的面前；
我不能够去触碰它；
我深怀一腔惋惜与悲愁，
想着不要读完就焚毁……

有什么可读！……我很了解你，
我不想让心脏受刺激……
你要相信，短暂地恋爱
我不能够，也不愿意！
我早已不相信什么幸福：
在贫乏的生活道路上，
我不可能找到什么美满，
不可能发现亲近的灵魂！

我早已不再做两面派，
不愿让生活再去迁就幻想；
我不再相信女人的爱情：
没有一次爱恋不带来创伤！
别了，……无须词语来解释……

我不习惯心灵再被戏弄,
你轻易就会爱上另一个,
但我放弃爱情却很沉重!

1844

宁　静

暴风雨早已在我的灵魂中消失，
而今我已全然忘掉了它们阴郁的美，
　　我的上空，没有乌云，没有蔚蓝，
苍穹高高地悬挂，仿佛下面是一片沙漠。

　　我的内心一片安谧，没有波澜，
那样地宁静不动声色，十分安详，
　　甚至连母亲也对我产生温柔的嫉妒，
她也为拥有这样的幸福热泪盈眶……

　　但是，为敌人而祈祷的拯救者，
我向你提出发自肺腑的一个祈求：
　　尘世谎言的复仇者，对我的敌人，
不要因为仇恨而回报他们那样的宁静。

1846

沐　浴

明亮的黄昏，她亭亭玉立在河畔，
在珍珠般的河水中洗濯透明的纤足；
清澈的水流柔情缱绻地绕着她旋转，
溅起细碎的泡沫，对她低声絮语……

这个时候，谁若是欣赏到这美人，
仿佛一朵娇羞的荷花站立在水中，
身躯微曲如蛇，雪白的纤足
踏在陡峭的黑岩上，沐浴全身。

她的乳房轻垂，俯向如镜的涟漪，
谁若是看到了她，披满了月光，
或者瞅见波浪如何起伏蹦跳，
自由、热情而率性地抚拍她的乳房，

仿佛触碰在大理石上，散成洁白的水花：
那么，我敢发誓，他一定希望，顷刻

她化作大理石雕像,犹如尼俄柏母亲①,
永远在此沐浴,留待未来的时光观赏。

1848

---

① 根据希腊神话记载,忒拜王安菲翁的妻子尼俄柏生有很多子女,为此曾嘲笑勒托女神只有一子一女,即阿波罗和阿耳忒弥斯。后来,她的子女全部被射杀。尼俄柏伤心过度,化作了岩石。

普罗米修斯之歌

我是大自然的宠儿，
我是天神危险的对手——
为了争取美好的自由，
我准备与天神争论。

据说，宇宙宽广无限，
人呢，卑微又渺小；
但你应为人这名称而骄傲，
人会思考，有爱有痛苦……
如果没有你，这世界
将变得荒凉，没有出路，
光芒四射的太空
也会闪烁没有果实的美，
地球在世界上漂流，不过是
一块寂寞、无意义的巨石，
那时，它就是宙斯的责难，
而不再是宙斯的愉悦……

据说，你在世界上默默无闻，

被广大的空间和强力所遮蔽，
据说，你被坟墓所桎梏，
如同孩子，被贫穷所戕害……
但黄金时代一定会到来：
你用自己的思想召唤它们，
你用自己大量的鲜血来浇灌
善的种子，极其珍贵的种子，
而灵魂与大自然所有力量
都服从自己，新的宙斯，
你将创造自由的新太阳——
两个太阳自天空向下发光。

1848

涅克拉索夫(1821—1878)

涅克拉索夫（Николай Алексеевич Некрасов 1821—1878），十九世纪俄罗斯最杰出的现实主义诗人。出生于波多尔斯克省的一个退役军官家庭。青年时代，由于违背父命没有投考武备学校，被切断了经济来源，只好自谋生路，一边在彼得堡大学旁听，一边为人做些抄写的工作糊口。四十年代，涅克拉索夫主编《现代人》和《祖国纪事》等杂志，团结了一大批具有民主主义思想的知识分子，对当时的文学导向起了很重要的作用。他的作品富于叙事性，受口头民间文学影响很大，渗透了很强的人道主义精神和公民意识，关注下层人民的疾苦，同时也有很高的艺术水准。

三套车

你为何如此迫切地眺望那道路,
远离自己那些快乐的女友?
看来,心儿已被不安所盘踞,
你的脸庞突然涌起一抹红晕。

你为什么如此匆忙地奔跑,
追逐着疾驰而过的三套车?
骑兵少尉潇洒地双手叉着腰,
他的眼光直视你,神不守舍。

对你神不守舍,这并不奇怪,
每个人都会满心爱上你:
你的秀发犹如漆黑的子夜,
顽皮地缠绕着鲜红的发带;

你健康的面庞黑里透红,
长着一些淡而又淡的绒毛,
在你半月形的眉毛下面,
闪动一对灵活、调皮的眸子。

黑眉毛的野女孩，一瞥目光
充满了魅惑，让热血沸腾，
让小伙儿陷入爱河不能自拔，
叫老头子把全部家产倾尽。

你应该充分享受生活，及时行乐，
生活将变得丰裕而轻松……
但命运并没有赐予她这等好事：
你将被迫嫁给一个邋遢的庄稼汉。

腋下套上一件劳作的围裙，
勒紧了你的胸脯，丑陋不堪，
任性的丈夫挑剔你，毒打你，
婆婆也会对你百般刁难。

由于肮脏、繁重的家务劳作，
你过早地凋落，不能一展芳华，
你沉入一个永难苏醒的噩梦，
照料孩子，成天当牛做马。

你的面庞充满了丰富的情感，
洋溢生命的活力——但突然，
显出了逆来顺受的笨拙表情，
一丝不可思议的永恒惊骇。

而一旦你走完沉重的生命之路，
无谓地耗尽犹如灯油的力量，
就会被埋进潮湿的坟墓，
连同你不曾得到任何温暖的胸膛。

你不要再满腹惆怅地眺望那道路，
也不要匆忙追逐疾驰而过的三套车，
赶紧将愁肠百结的忧惧扑灭，
让你的内心永远恢复平静。

你怎么可能追得上狂奔的三套车：
喂饱的骏马精力充沛，动作敏捷，
马车夫略有醉意，兀自赶车，
骑兵少尉旋风似的扑向另一个目标……
1846

雨 前

凄风驱赶着大团的
乌云,飘向天的尽头。
弯折的云杉发出呻吟,
漆黑的森林喑哑地低语。

树叶一片接一片纷飞,
落在小溪波澜的涟漪上,
冷意奔袭而来,携带着
一股干燥而锋利的寒流。

一切被朦胧的暗影笼罩:
一群群慈乌和渡鸦
从四面八方飞来,
在空中盘旋、聒噪。

一辆过路的轻便马车,
放下篷顶,堵住了出口,
手执皮鞭的宪兵欠起身子,
冲着马车夫吼道:"快走!"

1846

夜晚我坐车驶过漆黑的街道……

夜晚我坐车驶过漆黑的街道，
在阴晦的日子我凝神谛听风暴——
病弱无助、流离失所的朋友，
你的影子突然闪现在我面前！
一种痛苦的思绪抓紧了我的心。
自童年开始，命运就厌弃你：
你阴郁的父亲贫穷又凶狠，
你嫁了人——爱的是另一人。
你碰上一个心地不善的丈夫，
他的脾气暴躁，下手又重，
你并不屈从——私自逃出家门，
但你和我在一起也没什么快乐……

你是否记得那一天？我饿病交加，
我浑身虚乏无力，心情沮丧，
我们居住的屋子阴冷而空荡，
喘口粗气就有白雾卷成一圈圈。
你是否记得小号吹出的凄凉声响，
雨点四下飞溅，灯火明灭不定？

你的儿子开始哭闹,你呵着热气
希望暖和他那双冰凉的小手。
他啼哭不已——他的哭声刺耳,
令人肝肠寸断……直到天色渐黑;
这孩子哭够了,也就撒手死去……
可怜人!别再流那无休止的眼泪!
明天,因为悲伤和饥饿,我俩
也会如此甜蜜、如此昏沉地睡去;
房东骂骂咧咧地买来三口棺材——
一块儿运走,再并排埋进泥土……

我们坐在屋子的角落,愁眉不展,
我记得,你那时一脸苍白和虚乏,
你的内心完成了一场激烈的斗争,
脑海里打定一个秘而不宣的主意。
我打了一个盹。你默默离家出门,
精心打扮一番,仿佛要去参加婚仪,
过了一个小时,你匆匆回来,
给孩子带了口棺材,给丈夫带了晚餐。
我们缓解了令人难受的饥饿,
在漆黑的屋子点燃了一盏小灯,
包裹好儿子并将他放进棺材……
我们交上了好运?还是上帝帮了忙?
你不曾吐露令人伤心的实情,

　　　　　我什么也不问，
我俩只是伤恸不已地对视，
我只是满怀着一腔的忧愤……

如今你又在哪里？莫非你已被毁灭，
死在与凄楚的贫穷残酷的搏斗？
或者你走上了一条常见的老路，
注定不幸的命运已快到尽头？
有谁来保护你？所有人毫无例外地
用一个可怕的名字来将你称呼，
只有一片诅咒在我的内心颤动——
　　　　　也将无力地死去！……

1847

悼友人①

一个天真而热情的灵魂，
有许多美妙的思想在翻腾，
坚定，激越，匆匆忙忙，
你可敬地走向崇高的目标；
你沸腾，燃烧——迅速熄灭！
你爱我们，忠实于友谊——
我们在慈善时节祭奠你！
你悲惨的命运史无前例：
你的劳作还活着，永不消亡，
而你已牺牲，不幸而无名！
恰似无形树木落下的果实，
被无忧的我们无忧地吞食。
我们并不关心，谁培植了它，
又是谁付出了劳动与时间，
这冷静的一代不再向后人
谈及关于你的任何事迹……
你的坟墓已经为人遗忘，

---

① 该诗为纪念别林斯基逝世五周年而作。

每天被周围的新墓挤压，
朋友们充满感恩的悼念
也不能开辟通向你的道路……

1853

生命的庆典……

生命的庆典——青春的岁月——
已被我在繁重的劳动中扼杀,
我从来都不是诗人,只是
自由之宠儿和慵懒之好友。

倘若那些长期被抑制的痛苦
郁积太久,涌上了心头,
我就会中断日常的劳作,
编写一些音韵和谐的节奏。

它们并不比平整的散文逊色,
也会让柔软的心灵为之沉醉,
仿佛从布满愁容的脸上
 突然迸涌出的泪水。

但我并不敢指望在人民的记忆
 妥善保存其中的一些句子……
我那些笨拙、严肃的诗行呵,
没有一点自由流淌的诗意!

根本没有什么创造的艺术……
但有鲜红的血液在沸腾,
活跃着一股复仇的情感,
爱情挥发温暖,逐渐燃尽——

那赞美仁善的爱情呵,
它是呵斥恶棍和蠢货的爱情,
将赐予赤手空拳的歌手
　　一顶荆棘编织的桂冠……
1855

我留神注意战争的恐怖……

我留神注意战争的恐怖,
每当有人在战斗中牺牲,
我不为英雄本人而难受,
也不叹怜他的妻子和友人。

唉!妻子自会得到慰问,
好友也会忘掉友谊;
但某地有一颗灵魂——
她至死都不会忘记!

在我们虚情假意的事务中,
在那些平庸和鄙俗中,
我窥测到一种泪水,
一种神圣而真诚的泪水——
那就是可怜的母亲之泪!

她们永不会忘记自己的孩儿,
他们牺牲在染血的田野,
正如痛哭不已的柳树
再也无法挺起耷拉的枝叶……

1855

我的诗行……

我的诗行啊!活生生的见证
　　目睹为世界流淌的泪水!
你们诞生在厄运降临的时分,
　　当灵魂卷起巨大的风暴,
你们撞击着人们的心灵,
　　如同海浪尽情拍击海礁。

1858

绿色的喧嚣①

轰响,奔涌着绿色的喧嚣,
绿色的喧嚣,春天的喧嚣!

来自高空的风儿
突然戏耍着散开:
晃动着赤杨的树丛,
高扬起花粉,如同
云团:一切泛起绿意,
包括空气,包括流水!
轰响,奔涌着绿色的喧嚣!
绿色的喧嚣,春天的喧嚣!

娜塔丽娅·巴特丽基耶芙娜,
我谦卑的主妇,
不敢搅浑这春水!
当我夏天在彼得堡,
灾难却降临在她头上……

---

① 民间如此称呼春天的觉醒。——涅克拉索夫原注。

这笨女人自己说的，
让她舌头长个大疮！
冬天把我们关在屋内，
就朋友自己和那贱人，
看着我严厉的眼神，
这女人——默不作声。
我也沉默……一个恶毒的
念头打破了平静：
杀死她……那可是我的心肝！
忍受——又无法接受！
毛茸茸的冬天
没日没夜地呼啸：
"杀死，杀死不贞的女人！
干掉这恶妇！
否则你一辈子都苦恼，
无论白昼，还是漫漫长夜，
你都得不到安宁。
邻居会向你啐唾沫，
认为你没羞耻！……"
在冬天风暴之歌的吟唱中，
坚定了凶恶的思想——
我储备了锋利的刀子……
而春天又悄悄地来临……

轰响，奔涌着绿色的喧嚣，
绿色的喧嚣，春天的喧嚣！
一座座樱桃花园
仿佛注满了牛奶，
发出静悄悄的喧声；
一大片松林，
被温暖的阳光照耀，
正在快乐地喧嚣；
依傍着一片新绿，
淡白的菩提树
哼起一支新歌，
银白的白桦树
甩动绿色的发辫！
细小的芦苇喧嚣着，
高大的槭树喧嚣着……
它们以新的方式喧嚣，
快乐的、春天的方式……

轰响、奔涌着绿色的喧嚣，
绿色的喧嚣，春天的喧嚣！

凶恶的思想已淡薄，
刀子也从手中掉落，
耳畔总是回响一支

歌——在森林,在草坪:
"相爱吧,尽情地相爱,
隐忍吧,竭力隐忍,
原谅吧,只要能原谅,
哦,上帝会给你公正的判决!"
1862

痛苦撕裂了我的心脏……

痛苦撕裂了我的心脏,
再难相信善的力量,
听到这世界响彻着喧闹的
锣鼓声、镣铐声和斧砍声。

但是,金色的春天,我喜欢
你绵密的、神奇的混杂的喧嚣;
你欢腾雀跃,一刻都不沉默,
像一个儿童,无忧无虑。
在幸福和荣誉中陶醉,
你整个沉浸于生命的感觉——
绿色的小草低声念叨什么,
波浪流淌着呢喃絮语;
小马驹在马群中不住撒欢,
公牛从泥土里翻掘青草,
森林里,一个浅发小男孩在呼喊:
"噢噢,帕拉斯科菲雅!"
北方的鸟儿在啼啭和盘旋,
越过山冈,掠过森林和峡谷,

还能听到夜莺柔婉的旋律，
以及幼鸦杂乱的叽喳声，
马车的轰隆，大车的嘎吱响，
青蛙的鼓鸣，黄蜂的嗡嗡，
蝗虫的唧唧声——在自由的旷野，
一切都融入了生命的和声……

我已经听腻了另一种喧嚣……
它令人窒息，让人消沉，
自然母亲啊！我重又走向你，
怀着我始终不渝的夙愿——
请你止息这愤恨的音乐！
让灵魂重新领略到宁静，
让我这复明的眼睛
能够重新感受你的美之愉悦。

1863

纪念杜勃罗留波夫

严肃的人啊,你在青年时代
就善于让激情服从于理性,
你教导人们为荣誉、为自由活着,
更教导他们为它们而牺牲。

你自觉拒绝了尘世的享受,
你保持了灵魂的纯洁,
你不让心灵满足于贪欲;
你爱祖国,像爱自己的女人,
你把自己的劳作、希望和意念

都奉献给祖国;你让许多正直的心
听命于它。召唤人们奔向新生活,
你为严肃的情人准备了
灿烂的天堂和王冠上的珍珠。

但是,你生命的终点来得太早,
先知的如椽之笔也已从手中掉落。
一盏智慧的明灯熄灭了!

一颗高尚的心脏停止了跳动!

岁月流逝,激情也逐渐衰退,
但你依然高耸在我们上空,
哭泣吧,俄罗斯大地!你也要为之骄傲——
自从你凛然挺立在苍穹之下,

你还不曾诞生如此出色的儿郎,
也不曾将这样的人物收归自己的内腹,
灵魂之美的无数珍奇
如此丰富地汇集于他的一身⋯⋯

自然—母亲啊!如果你不能时不时地
将这样的人物送到这世界,
那么,生活的田野就会日益荒芜⋯⋯
1864

母　亲

她的内心充满了悲哀,
三个孩子围着她玩耍,
他们喧闹而顽皮,
她若有所思地低语:
"不幸的孩子,为何出生?
倘若你们走正直的道路,
就逃脱不了命运的捉弄!"
受难的母亲,请不要以你的伤感
来抑制快乐,不要为他们哭泣!
但是要告诉这些少年人,
日月如梭,世纪漫漫,
那最美丽、最值得期盼的
——就是一顶荆棘做的冠冕……

1868

窒 闷

窒闷啊!没有幸福和自由,
长夜漫漫,没有尽头。
怎么啦?最好来一场暴风雨,
苦酒已溢满到杯沿。

在海之漩涡上空轰鸣吧,
在旷野,在森林尽情呼啸,
这酒杯盛满了宇宙的不幸,
　　赶紧将它全部泼掉!

1868

早　晨

你忧伤不已，内心充满创痛：
我相信，这里没有痛苦就不可思议。
在这里，我们浑身被缠绕的贫穷
已经和大自然融合为一体。

这些牧场、田地和草坪
是这般无限地可怜和凄戚，
还有那湿漉漉、瞌睡的寒鸦
正在草垛的顶部栖息；

这匹驽马驮着醉醺醺的农夫，
在不顾一切地向前奔跑，
奔向蓝雾笼罩的远方，
浑浊的天空啊……欲哭无泪！

但富饶的城市也并不更好看：
天空上也飘荡同样的乌云；
铁铲——正折磨着神经，
它挖掘马路发出难听的摩擦声。

到处是工地开展了作业；
瞭望塔上发布了一则火警；
刑场上押来一名罪犯——
刽子手已在那里静等。

一名妓女告别了床榻，
趁着黎明匆匆赶回家中；
军官们坐上租来的轿式马车，
驱驰出城：前去参加决斗。

商贩们不约而同醒来，
赶紧在柜台背后坐停当：
他们为了傍晚把肚子喂饱，
整天买卖都在缺斤少两。

喂！从要塞传来了炮声！
洪水正威胁着首都……
有人死了：红色的枕头上
摆着一级圣安娜勋章。

客栈老板抓住小偷狠揍一顿！
一群白鹅被赶往屠宰场；
某处的顶楼响起了一声枪响，
——某人结束了自己的生命。

1874

形　式

推敲形式需要宽裕时间，
一首诗最重要的是
风格，与主题形成对应。
诗行如同一枚硬币，
认真、仔细、诚实地铸造，
严格按照规矩设计，
让词语变得紧凑，
却给思想——自由的天地。
1877

哦,缪斯……

哦,缪斯!我站在了墓门口!
即便我曾经犯下无数过失,
即便人们恶意的咒骂
成百倍地夸张我的罪孽——
请别哭泣!这命运令人羡慕,
尽管对我们的诋毁不会停止:
在我和正直的心灵之间,
有一条血肉相连的纽带,
你不会任由它被长期割裂!
看着被鞭笞得血淋淋的缪斯,
苍白的缪斯,谁若是无动于衷,
——他就不是俄罗斯人……

1877

迈科夫（1821—1897）

迈科夫（Аполлон Николаевич Майков，1821—1897），俄罗斯纯艺术派诗人的重要的代表。出生于莫斯科一个古老的贵族家庭。父亲是著名画家、科学院院士。少年时期便显露出非凡的诗画才能。大学毕业后，曾任职于沙皇政府的财政部。1841年，出版了第一本诗集，得到了别林斯基的赏识，称为"俄罗斯诗歌发展史上的一个重要现象"。他非常推崇和喜爱古希腊、罗马文学，创作了一部分具有古风性质的诗歌。在他的心目中，理智是软弱的，需要从大自然中汲取灵感，找到创作的分寸感。他的风景诗带有印象主义的画面感，对后世有很大的影响。

召 唤

哦，早晨的一缕清新气息
飘进窗户，清凉地拂过我。
在一片奇妙的静谧中，
我端详着霞光照亮的万物：
远处松香四溢的针叶林，
有一顶漂亮的树冠，
羞涩的阿芙乐尔女神
点燃东方，仿佛挂上红壁毯，
鲜红的霞光倒映在水面，
在一排排黑色的云杉之间，
河湾靠着堤岸安静地过夜，
仿佛婴儿熟睡在摇篮；
而在那里，山冈的周围，
磨坊振翅迎风发出喧嚣，
晶莹如钻石的溪水
围绕葱绿的秋播作物奔跑……
茂密的树丛多么幽暗！
天鹅绒般的草坪一片青翠！
发自松树的馨香令人陶醉，

新鲜的稠李芬芳袭人!
哦,朋友!走向旷野吧,
早晨神奇地让胸膛充满活力……
啊!密林深处,响起了
一只黄莺伤春的声音!

1838

这个被寒酸的苔藓加冕的荒凉海岬……

这个被寒酸的苔藓加冕的荒凉海岬,
覆盖着枯朽的灌木和葱郁的松树,
悲伤的梅尼斯克,年迈的渔夫安葬了
夭亡的儿子。大海爱抚了他,
把他搂进了自己宽阔的怀抱,
死去的尸身被小心地冲上了海滩,
父亲痛哭一场,在枝叶繁茂的柳树下
为亡儿掘好一个坟墓,盖上石块,
在上面挂起一只柳条编织的鱼篓——
　　这就是令人心酸的简陋的纪念碑!
1840

致多丽达

亲爱的多丽达,哪需要光鲜的衣饰,
艳丽的花环,火般闪烁的钻石,
华丽的布料,金灿灿的腰带,
还有充满弹性的胸衣,
那么贪婪地裹紧你年轻炽热的美,
你匀称、柔软的身躯和饱满的乳房?……
不,亲爱的!赶紧放弃、放弃
你那些以美的光彩、霓裳的光彩
震撼我们的手段。不要像女神似的显身:
面对圣物的敬仰是那么淡漠!

我不需要这种虔敬。像少女那样显身吧,
就像尘世的女子。你独自与我在一起,
散开金箍缠绕的发辫,
用你自己的素手从胸口摘除
苍白的玫瑰,让灼烫的乳房
获得自由。让从容随意的目光
忘掉爱情一切的诱惑!……我温柔的朋友!
让这颗年轻的心不安地跳荡,让黄金与珍珠

滑下高贵的肩膀和半透明的手臂,落进尘埃……
啊,我的上帝!你多么可爱,你的衣装和言辞
那迷人的杂乱无序多么可爱,多么甜蜜!

1840

八行诗

你别寻思从智者的书卷
找出诗行和谐的伟大奥秘:
走到梦之水的岸边,独自徘徊,
你的灵魂偶尔会听到芦苇的
絮语,密林的交谈;你能够
领会它们非同寻常的声音……
你音韵悦耳、节奏和谐的诗句
流出唇间,犹如密林的乐音。

1841

沉　思

在自己先灵的羽翼下度过一生的人
是幸福的！所有的天神赠予了
丰富的礼物：草坪一片翠绿；农神
给庄稼地镀上黄金；合欢树、橄榄树
用枝叶拥抱他的住宅；浓密的白杨
银光闪烁，在池塘上空挺立，
拢成一个金字塔形的树冠，
每年秋天，蒿柳因为汁液饱满
变得沉甸甸：巴库斯酒神祝福它们……
复仇女神的灯火也不能将他吓倒，
他无所畏惧地等待来自冥府的威胁；
于是，他的手不再颤抖，掀翻
祭坛上的水果与琥珀色的蜂蜜，
用玫瑰花串和香桃木将它们缠绕……

但我并不祈盼这种没有波澜的生活：
有条不紊的节奏让我难以忍受。
我悄悄地受苦，有时盼望着
暴风雨，骚乱和宝贵的自由，

我的精神只有在动荡抗争中得以坚强,
张开翅膀,像一只放浪不羁的雄鹰,
面对艰险,在冰峰之上翱翔,
坠落深渊,或者在天空深处消隐。

1841

艺 术

我在喧嚣的海滨为自己割下一根芦苇,
它已被遗忘,默默地躺在我简陋的茅屋里,
有一次,一位过路的老者顺路借宿
我们的茅屋,发现了芦苇。(他大为惊讶,
在我们穷乡僻壤竟有这奇物。)他截下一节,
凿出几个窟窿,让它贴紧了嘴唇,
重获活力的芦苇突然发出神奇的声音,
焕发了在海滨曾经有过的那种生命,
只要微风意外飘过,水面就荡起涟漪,
芦苇被拨动,海滨就充满了乐音。

1841

在夜的寂静中……

在夜的寂静中,我秘密地幻想的东西,
在白昼的清朗中,我一直思索的事物,
将整个儿成为秘密,甚至你,我的诗行,
你,我轻佻的朋友,我岁月的愉悦,
我不能将自己幻想的灵魂付托给你,
你将说出在夜之沉默中发声的那个人,
我听得到,我到处可以见到他的脸,
他眼睛照亮我,我不断念叨他的姓名。

1841

没有忧愁的生活……

没有忧愁的生活——美妙、明朗的日子；
不安的生活——春天年轻的暴风雨。
那里——有阳光，橄榄树炎热的荫覆，
这里呢——有雷霆，闪电，还有眼泪……
哦！请让我领受春雷整个的光波，
　　还有苦涩的泪和甜蜜的泪！

1841

瞬息的思绪

当笼罩万物的寂静降临,
月亮在天之穹顶闪现,
将清辉洒在沉默的柱廊,
照耀沉睡的岩石和碧波,
安静的驳船黑色的桅杆——
我浮起一丝妒意,为什么
灵魂没有这般寂静与圣洁,
如同月下黄昏这宇宙的安谧!
1842

倘若可以,我愿意你的脑袋轻倚我的肩臂……

倘若可以,我愿意你的脑袋轻倚我的肩臂,
在我垂眉沉思的时候,你脉脉含情看着我,
而你希望猜出我的心思。我内心充满了你,
不由自主地望着你,目光与目光相互交接;
我们无言,会心地微笑,在沉默中体味甜蜜,
我们的思想融合,笑容和眼神有过无限的倾诉。

1842

在我那遥远的北方……

在我那遥远的北方,
我永远难忘那个黄昏。
我俩一起默默地凝望
那垂向池塘的柳枝;
远处月桂树一片青翠,
夹竹桃绚烂的花朵;
桃金娘繁叶密不透风
在头顶形成一个篷顶;
一座座靛蓝的山峰;
金色的尘埃轻雾缭绕,
还有渡槽,还有废墟
仿佛在远处漂浮……
在这如火的夕阳下,
伴着水流飞溅的喧嚣,
你忘情地对我说道:
"我俩应该在此地终老……"

1844

FORTUNATA[①]

啊，爱我吧，不要再犹豫不决，
不要忧心忡忡，不要再思虑过度，
不要去责备，不要无谓地疑虑！
有什么顾虑？我属于你，你属于我！

忘掉一切，扔弃一切，全身心投入！
请你不要如此忧伤地望着我！
更不要费尽心机来猜测我的心！
全身心托付它吧——就这么定了！

我从不计算，也不丈量爱的份额，
不，爱就是我整个儿的灵魂。
我爱——我笑，我立誓，我相信……
啊，我亲爱的，生命多么美妙！……

相信爱情吧，幸福不会疾驰而去，
像我一样相信吧，哦，骄傲的人，

---

① 意大利语：幸福的女人。

我和你天长地久不会分离,
我们的亲吻也永生不会有止境……
1845

春天!推开第一扇窗户……

春天!推开第一扇窗户——
　　喧嚣一下子涌进屋中,
　　附近庙宇的钟鸣,
鼎沸的人声,辚辚响的轱辘。

生命与意志在我灵魂深处弥漫:
　　看哪——远方一片清明的蔚蓝……
　　我渴望置身于田野,广阔的田野,
春天在那里边走边把鲜花播撒!
1854

燕　子

我的花园正在日益凋敝，
已被揉皱，折损和腾空，
尽管在如火的灌木丛中，
金莲花还在辉煌地开放。

我忧伤不已！秋日的阳光
和白桦树飘落的枯叶，
螽斯迟暮的唧唧鸣叫，
让我的身心感到极为刺痛。

出于习惯扫视一眼屋檐下——
窗户上方有一个空巢：
我听不到巢中呢喃的燕语，
只有被风儿吹乱的干草……

我仍然记得，有两只燕子
如何忙碌地建造这巢穴！
衔来细树枝，拖进羽毛，
用黏土把它们凝结。

它们的劳动多么快乐，多么娴熟！
伸出五个灵活的小脑袋，
从燕巢向外四处张望，
它们显得是那么慈爱！

整天不停地叽叽喳喳，
仿佛儿童，在相互交谈……
然后，羽翼丰满，展翅高飞！
从此，我很少见到它们。

这不——那燕巢空空荡荡！
它们已身在异乡——
远了，远了，远了……
哦，但愿我也有一对翅膀！

1856

仿佛明媚春天的一只鸽子……

仿佛明媚春天的一只鸽子,
你周身洋溢温柔的欢乐,
或许,第一次你整个的灵魂
付托给长久凝聚的情欲……

然而,在这片刻的寂静中,
我沉醉于幸福的乐声,
仿佛在连绵的阴雨天里,
一道光整个儿攫住我的灵魂,

我沉默,只为不漏掉一个音响,
听你我两颗心在同时战栗——
我突然发现,你不再作声,
心儿抽搐,流淌一颗颗泪滴。

你哀告我,那击倒心灵的东西
已经悄悄潜入了你的胸口,
你说:你不习惯于幸福,
它让你觉得恐惧——不是好兆头?……

哦，那又怎样？让暴风雨再来吧！
随后，太阳仍会再度显露，
那时，我们还会以整个灵魂
来为痛苦和眼泪祈福。

1855

刈草场

草坪上空弥漫干草的气味,
歌声让灵魂格外欢欣,
村妇们边走边挥动草耙,
干草尾随她们向前移动。

那里——正在装运干草,
男人们站成一个圆圈,
举起草叉子向大车抛掷……
越堆越高,仿佛一栋房子。

一匹驽马守候在旁边,
仿佛钉在土里呆立不动……
竖起了耳朵,四蹄弯曲,
仿佛站立着打个小盹……

只有远处的一条看家狗
钻进松软如波浪的干草,
时而上蹿,时而往里拱,
蹦跳着,气喘吁吁地吠叫。

1856

春　天

一朵蓝莹莹的
　　纯洁的迎春花!
依偎着透明的
　　最后一片雪花……

关于往昔痛苦
　　最后的泪滴,
关于另一种幸福
　　最后的憧憬……

1857

远古的尸骨

我战栗不已地望着
这根另一世纪的尸骨……
等着我们的是同样的命运:
人类的时代终将消失……

我们荣誉的喧嚣也会沉寂;
关于人类的传说也会消亡;
理智引为强大和骄傲的一切,
不可能进入另一种创造。

仿佛一颗冷冰冰的星星,
或者一座已经熄灭的火山,
地球滑过海洋般的天空,
仿佛一艘空空如也的海船。

在世界各地流转和漂泊,
匆忙飞行的精神
君临我们城市的骨架上,
仿佛坐落不会出声的花岗岩……

理智就这样向我们宣告

生存的奥秘，……但心在狂跳，

隐匿着胆怯的希望——

或许，骄傲的它，出了差错！

1857

吻

在破碎的大理石像中间,
飘飞着银闪闪的碎屑,
一名独臂的反抗战士凿刻着
温润的大理石,它们
好像被海浪溅起的飞沫。
一位金色的鬈发姑娘
走过他身边,犹如太阳,
她问道:"你为什么
只用一只胳膊工作?
另一只胳膊去了哪里?"

"我爱上了一位姑娘,
伊斯坦布尔的第一玫瑰!
仅仅是一个热烈的亲吻——
我就被砍掉了一只胳膊!
那姑娘还在世间活着,
金色的鬈发,犹如太阳……
只要再给我一个热吻,
宁愿把这一只胳膊也奉上!"

1860

我想要热烈地吻你……

我想要热烈地吻你，
又担心被月亮瞅见，
被灿烂的星星瞅见；
一颗星星从天空滚落，
它会告诉蓝色的大海，
大海就会告诉船桨，
船桨就会告诉渔船，
渔船上有可爱的玛拉，
如果玛拉知道了，
方圆十里无人不晓：
月夜我如何将你勾引
进入芬芳的花园，
如何吻你，给你温存，
银色的苹果树
怎样用花朵掩护我们……

1860

灵魂深处有一些秘密的思想……

灵魂深处有一些秘密的思想；
在它们诞生的最初一刻，
诗人便已嗅到未来创作的种子。
它们仿佛在安谧的梦中沉睡与成长，
等待某个瞬间，等待某个标记，
雷电的击打，从黑暗中脱颖而出……
你有时悄悄地、秘密地走近它们，
伫立，欣赏这些神秘的幻梦，
像一位母亲，站在充满秘密的正房，
怀着一腔慈爱，默默望着熟睡的婴儿……

1868

嗨，我的儿子……

嗨，我的儿子，我的鹰，
我的女儿，我的小鸽子！
我的死期已到，死神来临，
赶快回来，千万别迟疑！

走进小屋，儿子低声商量，
怎样将母亲来埋葬；
走进小屋，女婿窃窃私语，
怎样分配家产才妥当；

嗨，女儿啊，我的鸽子，
盘旋着把妈妈环绕，
可是，儿媳们走进小屋，
随即就将她们嘲笑。

1870

天穹已经开始泛白……

天穹已经开始泛白……
拂过机灵的微风……
黎明之前大自然的梦
变得惊醒而轻盈。
晨光闪烁,驱赶
黑暗的最后一丝睡意——
夜打个激灵,睁开双眼,
对太阳露出笑容。

1887

梅依（1822—1862）

梅依（Лев Александрович Мей，1822—1862），出生于莫斯科一个破落贵族家庭。毕业于皇村学校。曾任职政府部门。1849 年，担任莫斯科第二中学学监。1853 年，迁居彼得堡专事文学创作。梅依在创作上属于"纯艺术"派，与葛利高里耶夫、波戈金等来往较密切，其创作有较强的智性因素，且洋溢着民主意识和新浪漫主义精神。他的翻译也非常出色，曾译过歌德、席勒、弥尔顿、雨果、密茨凯维支等诗人的作品。

书　信

我不知道为什么面对她会如此忧伤。
我不曾爱上她：谁若恋爱，他就会惆怅，
他会因为自己的爱情而疼痛和疲惫。
他日夜被火焰炙烤——他会哭泣和嫉妒……
我不曾爱上……面对她却经常忧伤——
只是……为什么，我也不知道。莫非是因为，
她有一个思想要祈求那样的自由，
她有一颗心灵需要在那样的梦中沉睡？
或者是有一种预感，我将来会把她爱上，
尽管这是一种徒劳，但情感很炽热？
上帝才知道！但愿我不会如此热烈地爱上：
我更加愿意——照自己的方式去忧伤。
你们瞧，那就是她：一绺鬈发随意翻卷，
胸脯安静地呼吸，蓝盈盈的眸子多么明亮——
她是那么美妙，笑起来是那么快乐……
我不知道为什么面对她会如此忧伤。

1844

你痛心不已……

你痛心不已，你一腔惆怅，
你泪水涟涟，我的美人儿……
你是否听过一首古歌的吟唱：
"少年的泪水——就是露滴？"

露滴每天清晨都降临在旷野，
但到了中午便杳无踪迹……
年轻姑娘的泪水也是如此，
永远飞走，无处寻觅。
恰似旷野里湿漉漉的露滴，
唯有上帝才知道——在哪里。

或许，它是被激荡青春
龙卷风四下吹散，是被爱情
红彤彤的太阳和血脉
灼热的火焰烤干了水分。
1857

喂，喂！……

喂，喂！你，我的青春啊！
响尾蛇，你躲在了哪里？
告诉我，怎么样才能意外地、不期然地
捕捉到你恶意抹除的、狡猾的踪迹？
我在哪找到你，怀着爱与嫉恨，
将你扼杀在我的怀抱，
因为一个含毒、灼热的吻，
将整个生命转化成临终的煎熬？……

1861

葛利高里耶夫（1822—1864）

葛利高里耶夫（Аполлон Александрович Григорьев，1822—1864），出生于莫斯科一个官僚家庭。毕业于莫斯科大学法律系，系该校培养的第一位法学副博士，随后进入该校管理委员会工作。他与费特、波隆斯基来往密切，属于"纯艺术"诗歌的重要代表。他自称是"最后一位浪漫主义作家"，其作品关注人类的永恒题材——爱情与自然，情调哀婉悱恻。此外，他还是一位出色的翻译家，翻译过多种莎士比亚的悲剧。

精灵唱给蛹的歌谣

1

　　你是否相信痛苦的力量，
你是否相信神圣蜕变的权利，
你是否相信幸福和天空，孩子？
哦，如果你相信，就随我来，一起！
　　我会给予你痛苦和幸福，尽管
　　我也不会隐瞒，
　　我不会让你安宁，
我会让苦难竭力折磨你，孩子！……

2

　　你是否期待从幻梦中惊醒，
你是否等待着黎明，灵魂的启示，
你是否感受到一颗活的灵魂，孩子？
哦，如果你感受到了，就随我来，一起！
　　我会从天空为你带来灵魂，尽管

我也不会隐瞒,
　　我会让你的灵魂
从此充满对祖国的思念,孩子。

3

　　你是否曾经爱过我,
你身上是否蕴藏着我的自由,我的力量,
你是否啜饮过我的呼吸,孩子?
哦,如果是这样,就随我来,一起!
　　你在我身上将消失如爱情,尽管
　　我也不会隐瞒,
　　我并不是仅仅因为你
才回返,走向安宁和光明,孩子。

1845

我并不爱她……

我并不爱她,我并不爱她……
这是一种出自偶然的习惯力量!
但我为什么会怀着隐秘的忧虑
凝视着她,听她不停地诉说?

安静的小女孩含着成年女性的微笑,
天真无邪的话语,在我意味着什么?
在她若有所思、羞怯的目光中,
那些飘忽不定的影子又意味着什么?

我自己也弄不明白,究竟因为什么
在她身旁,我竟然感到既甜蜜又痛苦?
倘若在告别时,我握起她的纤手,
为什么我就会不由自主地战栗?

为什么看着近乎透明的脸颊泛起红晕,
我有时会浮起莫名所以的恶念,
跟在这轻盈犹如空气的客人背后,
担心她如同一个幽灵,突然飞走?

我急于想把她看穿,贪心地捕捉
她可爱如旋律的、孩子气的话语;
为什么我既害怕又期盼与她的会晤?……
要知道,我并不爱她,我发誓,不爱。

1853

我爱过你……

我爱过你……有什么办法——犯了过错!
三十岁那年,我那么年轻,心那么愚笨,
你的每一个偶然的眼神都那么灵动,
把我投入了烈火或者冰窟……
在这一点上,你应该原谅我,
更何况,这世界上没有任何权能
可以阻止人去发自肺腑地恋爱,
更何况,承受着痛苦和激情的燃烧,
我无法向你吐露一个字眼,
我被迫保持沉默,被迫沉默,沉默!……

我自己很清楚,这样的表白
是一种罪孽,或者失去任何意义:
因为,对我而言,你是无法企及的,
就像对撒旦而言,天堂是无法企及的。
我被戴上了坚不可摧的锁链,
有时,我焦躁不安,全身心痛苦,
我畏缩不前,胆怯地靠近你,
向你伸出一只手道别,

说出普通的一个词:再见!
或者,低声说着——不敢看你一眼。

这样的见面有什么意义?有什么意义?
失眠——是为此给我的报酬!
与此同时,像一只关进笼子的野兽,
我徒然地咒恨那结实的绳扣。
我已经习惯,习惯这种痛苦的见面……
我准备吸食鸦片,像土耳其人一样,
在心中延长它们的痛苦,
借助生动的回忆继续生存……
在夜晚做梦,在白天游荡,
怀揣幻想,迷恋那甜蜜的魅力,
思念你羞怯的低垂的目光!
没有了你的目光,我的生活一片黑暗。

是的……我爱着你……那么深沉,那么热烈,
早已爱上你……但我向所有人都隐瞒了,
尤其是对你,隐瞒了这疯狂的激情。
你啊,我纯洁和美丽的孩子!
我的孩子,但愿你不会知道,
我的爱情是多么地沉重,
不知所措,无言地悲恸,我觉得,
血液不再是血液,而是熔化的铅水,

沿着脉管奔走,撞击,发出诅咒,
我深夜痛苦不堪,白昼不得安宁,
害怕着会晤,却又期盼,热切地期盼,
我珍惜每一个微不足道的细节,
为你漫不经意的每一声脚步而战栗,
我站立在不可测度的深渊之上,
感觉到自己正濒临死亡,
我知道,根本没有逃脱的希望。

1857

我熟悉的旧纪念册……

我熟悉的旧纪念册,亲爱的纪念册!
其中播种了多少疯狂的人与事!
  其中有意大利灿烂的阳光,
  飘拂着生活热烈的气息,
它们来自海滩的苔藓,来自青草与鲜花,
来自潦草的字迹,来自野性的诗行。

我熟悉的旧纪念册,亲爱的纪念册,
仿佛我借助它设立了追悼亡魂的酬客宴,
  仿佛它包容了北方冰凉的天空,
  这天空依然明亮、灿烂,
这天空永远被自己的雾霭所笼罩……
仿佛过去存在的一切,消逝的一切已成为
永恒!

1858

尼基丁(1824—1861)

尼基丁（Иван Саввич Никитин，1824—1861），出生于沃罗涅日一个殷实的商人家庭。少年时代，因父亲破产而辍学，在自家经营的客栈当杂役谋生。这段经历对他了解底层人民的生活有一定的助益。后来，他自己开了一家书店，成为当地的一个文化中心。他喜爱茹科夫斯基、普希金和柯尔卓夫的诗歌，阅读之余开始创作。他早期推崇"纯艺术"派诗歌，其风景诗真实地描绘了家乡的自然风光，细节动人，形象鲜明，极富韵味，后期受车尔尼雪夫斯基的影响，在创作中有意表现民主主义意识和反农奴制的思想，诗风愈益伤感和沉郁，语言朴素、生动，颇有平民化的特征。

大理石

偏僻的荒漠里一块静止的大理石，
孤独地躺着，满身覆盖草丛；
坏天气里雨水将它浇得透心湿，
自由的小鸟随意在上面栖停。
但有人某天对艺术家提到了它；
他前来考察一下大理石——顷刻，
他的眼底就迸发了灵感的火花，
他把大理石带回家，把自己
关在工作室度过了数个不眠的夜晚，
一只创造之手让石头恢复了生命，
从此以后，人们就怀着一腔惊喜
跪下了双膝，对着它顶礼膜拜。

1849

乡村的冬夜

月亮快乐地
照耀小村庄;
白色雪地闪烁
蓝色的火光。

月光洒满了
神圣的教堂,
云层下,十字架
像蜡烛冒火光。

梦中的村庄
孤寂,寥落;
暴风雪深深地
掩埋了茅屋。

空荡荡的大街,
一片寂静,
甚至连犬吠
也不闻一声。

农人祷告着，
逐渐入睡，
忘掉烦恼
和沉重的劳累。

只有一间小茅屋
还有一盏灯点亮，
一个可怜的老妇
生病躺在床上。

她一直惦记
自己的遗孤：
一旦自己死后，
谁将他们抚育。

可怜的孩子们，
苦难无限期！
两个小家伙，
年幼不更事；

如果串门儿
经过别家院墙，
谁能有保证

不与恶人来往！……

眼下这条道
前程并不妙：
丢失廉耻，
把上帝忘掉。

上帝啊，保佑
可怜的孩子们，
给他们智慧力量，
请给他们支撑！……

铜铸的灯盏
闪烁微光，
淡淡地照映
圣像的脸庞，

老妇的脸上
布满了愁容，
在茅屋一角，
孤儿睡意正浓。

不眠的公鸡
在某处啼鸣；

长眠的时光
在子夜来临。

天知道从哪里，
一名凶恶的歌手，
坐着飞快的马车，
在田野上奔走。

悲伤的曲调，
哀怨的喧嚷，
悄悄地湮没
在寒冷的远方。

1853

早　晨

星星闪烁，即将隐灭。火红的云彩。
白色的雾气在草坪氤氲弥漫。
朝霞的红光顺着翻卷的柳树枝
自由地流泻，照亮了如镜的水面。

灵敏的芦苇打着瞌睡。周围阒无人迹，
一条小路被露水沾湿，隐约可见。
你的肩膀轻触灌木——银色的露珠
突然从树枝上弹起，泼溅你一脸。

微风轻拂——水面泛起小小的涟漪。
鸭子喧闹着飞来，随即全无踪影。
小铃铛远远地、远远地响起。
窝棚里的渔夫们已经被惊醒，

从木杆上取下渔网，拿起木桨上船……
而东方犹如火烧，仍是一片通红。
小鸟们等着太阳，开始放声歌唱，
森林兀自伫立，露出了笑容。

太阳已经升起,在耕地后面放射光芒;
告别了昨晚寄宿的那一片海洋,
对着旷野,对着草坪、爆竹柳的树梢,
喷射它流水似的万道金光。

庄稼汉扛着木犁,边走边哼着小调,
年轻人的肩膀压着一切的沉重……
心肝儿,你别忧伤!放下活计歇一下!
早安,太阳。早安,快乐的早晨!

1854

穷 人

无论是早晨，无论是黄昏，
有许多孤儿、寡妇与老人，
挎着袋子走到了窗口下，
以上帝的名义乞讨为生。

你们是不愿意参加劳动，
还是被迫拿起了讨饭袋？——
衣衫褴褛、无家可归的人儿，
你们的命运沉重而凄惨！

人们不会拒绝给你们施舍，
冬天也不会露宿冻死——
他们会怜悯理性的神造物，
张嘴乞讨，肮脏的叫花子。

还有一种穷人更不幸和悲戚，
他从不去窗口下乞讨，
整个一生，为了可怜的衣食，
日以继夜不停地辛苦操劳。

睡在小破房，靠着肮脏的麦秸，
这勇士的灾难没有止尽，
难忍的倦怠让他比石头更坚，
含血的贫穷让他比铜铁更硬。

至死他还在往土里播种，
至死还忍受着贫穷的折磨，
云彩为他流下眼泪，
风暴为他的忧悒而悲歌。

1857

时间在缓慢地前进……

　　时间在缓慢地前进，——
你要相信、等待，并且希望……
看哪，我们年轻的一代！
前面的道路多么宽广。
　　一道道闪电照亮我们，
我们已经站在十字路口……
　　　死者已经在地下长眠，
　　　它们的事业永垂不朽。

　　无数世纪的种子已经播下——
它在大地已经深深扎根；
你尽可以用斧子砍掉森林——
但要把秽恶挖除并不容易：
我们自童年已经司空见惯，
祖辈与它们更是气息相投……
　　　死者已经在地下长眠，
　　　它们的事业永垂不朽。

　　无端地愁怨是一种耻辱，

树叶低声说道：他是个哑巴！
为真理而服务的人无比光荣，
为真理牺牲一切的人更为荣耀！
我们的眼睛睁开得太迟，
我们抓紧劳动，做良朋益友……
　　死者已经在地下长眠，
　　它们的事业永垂不朽。

　　庄稼地翻耕得疏松柔软，
趁着春天来临，赶紧播种：
仁善的事业与鲜活的语词，
它们的种子不会下落不明。
我们在哪里，如何找到它们——
我们交给儿孙去说明和推究……
　　死者已经在地下长眠，
　　它们的事业永垂不朽。

1857

乡村夜宿

窒闷的空气，火把的浓烟，
　　脚底一堆垃圾；
长椅铺满灰土，四个角落
　　蜘蛛把图案拉起；
被煤烟熏黑的高板床，
　　清水，面包干硬，
纺织女咳嗽，孩子哭喊，
　　哦，贫穷啊贫穷！
痛苦地漂泊，操劳一生，
　　最后死于贫困……
在这样的地方，就得学会
　　笃信，并且隐忍！

1857

我们的时间将被可耻地消耗……

我们的时间将被可耻地消耗!……
作为祖辈留下的一份遗产,
我们这一代顺从地戴上
奴隶的那一副沉重的锁链。

我们生来就承受卑贱的命运!
我们心甘情愿忍受狞恶的压迫:
我们既没有勇气,也没有意志,
我们只能背负着恶毒的咒语!

我们吮吸的乳汁已含有奴性,
自幼就习惯这伤口的疼痛。
不!父辈不曾给我们以教育,
没有做好成为公民的准备。

母亲也没有让我们学会复仇,
去挣脱刽子手戴上的重镣——
唉!她还愚昧无知地带领我们
进到教堂为刽子手祈祷!

姐妹们从来不曾对我们吟唱
自由的生活……不！受着恶的重压，
从摇篮开始，她们就不曾
有过一点关于自由的想法！

于是，我们沉默。时间被消耗……
锁链的耻辱已不能令我们脸红——
我们这一代举着沉重的镣铐，
还在为刽子手虔诚地祈祷……
1857

田野的上方……

田野的上方,镶金边的云彩
在蔚蓝的天空轻轻地飘荡;
森林之上的轻雾隐约可见,
绯红的黄昏显得透明、温暖。
夜的清凉已开始四下弥漫;
麦穗在狭窄田垄上进入梦乡;
月亮冉冉升起,像一个火球,
森林沐浴着红色的霞光。
金色的星星温柔地闪烁,
纯净原野一片沉默的安谧;
我伫立于寂静,仿佛在庙宇,
默祷,感到来自灵魂的欣喜。

1858

灿烂的星光……

灿烂的星光，
在蔚蓝的天空，
月亮的光辉
照耀着森林。

如镜的湖湾
倒映沉睡森林；
沉默的浓荫，
横卧幽影。

灌木丛深处，
欢声与笑语；
刈草人点燃
一堆篝火。

高密的茅草，
淹没了马蹄，
黑夜下的白马
孤独地徘徊。

豪放的歌手
开始纵情歌唱,
人群中走出
年少的儿郎。

帽子向上一抛,
眼不瞧就接住,
夜莺般的呼哨,
屈膝蹦着跳舞。

草坪上的秧鸡
也应声歌唱,
悠扬的歌声
传向四面八方。

金色的田野,
平整的湖面,
晶亮的河湾,
无垠的平原,

僻远的芦苇,
天边的星星……
汩汩流淌的
唯有灵魂之声!

1858

一把铁锹挖出了幽深的大坑……

一把铁锹挖出了幽深的大坑，
郁闷的生命，孤独的生命，
飘零的生命，隐忍的生命，
沉默犹如秋夜的生命——
我可怜的生命，它痛苦地挨挺着，
熄灭了，仿佛草原上的一点火星。

那又怎样？睡吧，我残酷的命运！
松树拢成的顶盖捂得很严实，
潮湿的泥土也压得很紧密，
只是尘世间从此少了一个人……
没有人为他的消失而感到痛苦，
也不会有任何人留存他的记忆！……

哦，你听——传来了无忧的歌声——
乡村墓地的过客，偶然飞过的女歌手，
她自由地遨游在蔚蓝的空气里；
嘹亮的歌曲传播着银铃般的声音……
安静吧！……关于生命的问题已了结：
再也不需要什么歌声，也不需要眼泪！

1860

尤·查朵芙斯卡娅（1824—1883）

尤·查朵芙斯卡娅（Юлия Валериановна Жадовская，1824—1883），出生于雅罗斯拉夫尔省一个贵族官僚家庭。出生时即身患残疾，且很早失去了母亲，从小随祖母长大。在爱好文学的姑母指导下，她很早就对诗歌产生了兴趣。她的创作主要描写爱情、大自然和女性特有的处境，抒发她们的压抑、孤独和忧伤，对幸福的期待和生活的无奈，语言清新、质朴，感情强烈、真挚，有一定的自叙特征。

你很快会把我忘掉……

你很快会把我忘掉,
但我永不会忘记你;
你在生活中喜新厌旧,
而我再不会爱上任何人!
你会看到很多新面孔,
也会结交新的朋友;
你会体验新的感情,
或许,也会找到幸福。
我呢——了无乐趣地
走完忧伤的一生,
我有怎样的爱情和痛苦——
唯有坟墓才会知情。

1844

临近的乌云

多么美妙！在一望无垠的高空，
飞动一团团乌云，黑魆魆的……
清新的风儿吹拂我的脸庞，
摇动我窗台上的鲜花；
远处雷声轰隆，乌云逐渐临近，
它们移动得那么庄重，那么缓慢……
多么美妙！在伟大的风暴来临之前，
我灵魂的骚动不安逐渐平息。

1845

而今并非那样……

而今并非那样,已不同于从前!
只要一想起往事,就止不住忧伤:
那时胸口装着甜蜜的希望,
充满对人间幸福的幻想。

我莫名所以地陷入过伤感,
也曾毫无意识地兴奋,
也曾无忧无虑地展望未来,
既不忌惮人群,也不惧怕邪恶。

而今并非那样,已不同于从前!
我冷漠无情地看待世界;
内心感到忧愁和烦闷,
不再有往昔热切的期望;

我已更好地领略了生活;
不再到尘世间去寻找幸福,
我能够没有希望地爱恋,
也可以没有抱怨地失去。

1845

我这疯女人还是那么爱他……

我这疯女人还是那么爱他!
一听到名字我的心就战栗不已,
愁绪还像从前抓住了我胸口,
炽热的泪光不由自主地闪烁在眼底。

我这疯女人还是那么爱他!
当我为他向造物主祈祷的时候,
安详的愉快便渗透我的灵魂,
明朗的欢乐就降临在我的心头。

1846

但愿我能静坐着眺望远方……

但愿我能静坐着眺望远方!
但愿能眺望清朗的天空,
望着天空,还有黄昏的晚霞——
看西天的霞光如何熄灭,
看天上的星星如何点燃,
远处的乌云如何聚集起来,
电闪如何随着乌云奔跑……
但愿我能静坐着眺望远方!
但愿能眺望纯净的旷野——
远方,茂密的树林黑黢黢的,
自由的风儿在树林中散步,
对着树木低诉奇怪的话语……
这些话语我们并不明了;
但鲜花非常理解这些话语,
它们张开芬芳的小花瓣,
低垂着小脑袋,仔细地聆听……
忧伤压住心灵,仿佛一块巨石,
眼睛溢出了一颗颗泪滴……
像往常那样,我看着朋友的眼睛——
我整个灵魂为幸福而战栗,

春天在我的心田盛开鲜花,

爱情代替太阳发出光芒……

但愿我一辈子能这样注视着他!

1847

早　晨

打开窗户；太阳已经升起，
月亮苍白，顷刻便消隐，
喧响的轮船正在驶离，
水势湍急，波光粼粼……
伏尔加河面如此宽广，
周围响起如此强劲的合唱，
你深深地感受到祖国的力量；
我的视线在无限中失落。
心仿佛听到来自故乡的信息——
其中蕴含着生命的深度……
因此，羽毛笔懒散地书写——
因此，灵魂变得如此圆满。

1847

中了魔法的心

何必要枉费心机地骗你：
不，不要相信我的焦虑不安！
倘若目光闪烁情欲的火花，
倘若我攥紧了你的手掌——
要知道：这是你在我内心熟练地
激发了过去岁月的魔力；
我的目光不由自主地反映着
关于另一段爱情的回忆。
我的朋友！我的病无可救药，
你不可能疗治我的疾病！
或许，我还有几分可爱，
但我自己已没有爱的能力！
据说，世界上有一些恶人，
拥有施展魔法的可怖天赋；
永远也无法从胸中解除
他们那些不可抗拒的魔力；
据说，存在一些单词与话语，
它们藏匿着神秘的咒语：
据说，存在一些致命的会晤，

存在着沉重而不祥的目光……
显然,在情欲旺盛的青春时光,
在日常生活最美好的花季,
我遇见了一名危险的魔法师——
那时,他的毒眼瞥了我一下……
他说出一个神秘的单词,
我的心就永远中了魔咒,
一种凶险而严重的病菌
无情地毒化了我的生命……

1856

在路上

我望着道路,忧悒不安,
我的旅途漫长而坎坷,
我丧失了勇气和力量,
我早就到了休息的时刻。

远方再也没有希望的诱惑,
旅途上很少欢乐的会面,
经常会遭遇粗暴的对待,
有时还会发生愚蠢的轻慢。

鄙俗、嫉妒和含毒的诽谤
也经常会把我四下驱赶,
疲惫的灵魂痛苦不堪,
生命最美的花朵受到摧残。

一路上甚少善良的旅伴,
并且他们也离开很远……
我独自被留下,精疲力竭——
走完这旅程可太过艰难!

1857

赫沃莘斯卡娅（1825—1889）

赫沃莘斯卡娅（Надежда Дмитриевна Хвощинская，1825—1889），出生于梁赞省的一个小官吏家庭。父亲热爱文学和艺术，母亲有波兰血统。幼年时，父亲被诬告贪污因而被解职并罚款，家庭遂沦为贫困状态。赫沃莘斯卡娅主要通过自学掌握了语言能力和完善了知识结构，她非常喜欢雨果、莎士比亚、雪莱、但丁等人的作品。此外，别林斯基以及他的理论对赫沃莘斯卡娅的思想和创作都产生了巨大的影响，被她引为自己的"精神导师"。

有那样的日子……

有那样的日子,灵魂仿佛进入悲伤的梦,
它忍受着病痛的折磨,沉重不堪;
它既不为遥远的往昔而哭泣,
也不思考生活的未来,

不再关注当下焦虑的现实,
周围的生活悄无声息地溜走,
天空穿上蔚蓝色的裙子
还是乌云的衣衫,反正都一样。

所有感官已沉睡……如何命名这状态?
它是那么沉重!……慵懒,疯狂,疾病?
当我们迎接夜晚,如同迎接亲密的女友,
或者驱赶白昼,如同撵走敌人……

心已沉睡。有时,新的疼痛
还给了它回忆,给了它运动;
存在一种可以说出痛苦的感觉,
一个单词——一个问题:为什么?

而倘若歌曲狡猾的精神
拽出那思想，把词语笼罩——
灵魂从昏迷中苏醒，
再不把这些词语看做自己的同类。

然后，灵魂还包含高空的光亮，
包含着骄傲，灵魂可不喜欢
尘世的怨诉……也不喜欢
从银色水波涌出的混浊的喷泉！
1848

夕阳就这样在漆黑的乌云背后滚落……

夕阳就这样在漆黑的乌云背后滚落。
  太可怕了!它明天还会否重现?
够了,我亲爱的孩子!你为何在窗口躲藏?
  寒冷,无聊,而且幽暗……

眼睛已倦于观看。所有树木,仿佛散乱的影子,
  遭到风暴和秋雨的蹂躏;
风儿吹倒它们;林中地空旷;风儿漫步空地,
  像一颗不安的灵魂。

够了,别再听风儿絮叨;随它去忧伤和哭泣吧——
  它吟唱的是一支古老的歌谣,
唯有遥远的东方显现为一条深红的彩带——
  风儿啊,或许,已经睡着。

它喜欢用悲伤的童话和自己旷远的歌声
  引诱亲爱的儿童,恐吓他们……
够了,别再聆听,我的孩子,你将进入忧伤的梦,
  悄悄地体验不自由的愁闷。

莫非是临终的叹息，或者是泪滴滚出眼眶——
　　它在陌生的角落收集一切，
并将转述一切。我的天使，你不要以为，在睡梦中
　　不会梦见新的眼泪……

1851

我们不止一次地考验过理智……

我们不止一次地考验过理智,
并且怀着同情追问过内心,
我们明白,我们的一切已过去,
我们跟幸福甚至连照面都没发生。

我们明白,我们在徒然地等待,
一件事过去,另一件事也将消失,
尽管——哪怕含着伤感,我们
也将意识到安宁的合乎理智。

我们明白,我们的道路并不遥远,
但灵魂依然给出幻想的慰藉……
恰似孩子有时会把枯萎的花朵
使劲儿插进沙土,祈盼它起死回生。
1852

图书在版编目（CIP）数据

俄罗斯黄金时代诗选／（俄）普希金等著；汪剑钊译.
—济南：山东文艺出版社，2017.11
（雅歌译丛／汪剑钊主编）
ISBN 978-7-5329-5562-6

Ⅰ.①俄… Ⅱ.①普… ②汪… Ⅲ.①诗集—俄罗斯—近代
Ⅳ.①I512.24

中国版本图书馆 CIP 数据核字（2017）第 170241 号

俄罗斯黄金时代诗选

〔俄〕普希金等 著　　汪剑钊 译

主管单位	山东出版传媒股份有限公司
出版发行	山东文艺出版社
社　　址	山东省济南市英雄山路 189 号
邮　　编	250002
网　　址	www.sdwypress.com
读者服务	0531-82098776（总编室）
	0531-82098775（市场营销部）
电子邮箱	sdwy@sdpress.com.cn
印　　刷	山东德州新华印务有限责任公司
开　　本	850mm×1168mm　1/32
印　　张	19　插页/4
字　　数	400 千
版　　次	2017 年 11 月第 1 版
印　　次	2019 年 7 月第 2 次印刷
书　　号	ISBN 978-7-5329-5562-6
定　　价	89.00 元

版权专有，侵权必究。如有图书质量问题，请与出版社联系调换。